KB263071

햄릿

# 햄릿

초판 1쇄 발행 | 2016년 5월 10일

지은이 | 윌리엄 셰익스피어
옮긴이 | 셰익스피어연구회
펴낸이 | 김형호
펴낸곳 | 아름다운날
출판 등록 | 1999년 11월 22일
주소 | (121-837) 서울시 마포구 서교동 351-10 동보빌딩 202호
전화 | 02) 3142-8420
팩스 | 02) 3143-4154
E-메일 | arumbook@hanmail.net
ISBN  979-11-86809-17-4 (03840)

※ 잘못된 책은 본사나 구입하신 서점에서 교환하여 드립니다.

이 도서의 국립중앙도서관 출판예정도서목록(CIP)은 서지정보유통지원시스템 홈페이지(http://seoji.
nl.go.kr)와 국가자료공동목록시스템(http://www.nl.go.kr/kolisnet)에서 이용하실 수 있습니다.(CIP
제어번호: CIP2016010370)

# 햄릿

윌리엄 셰익스피어 지음 | 셰익스피어연구회 옮김

아름다운날

[illegible]

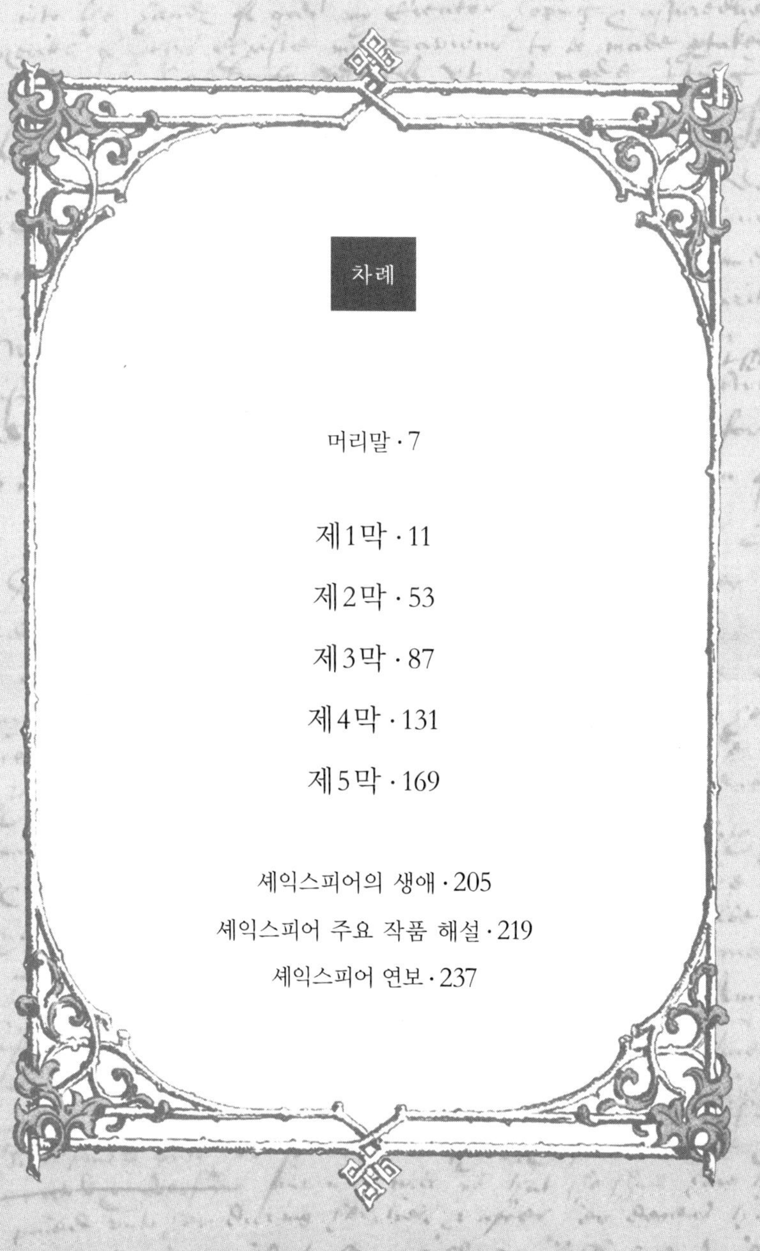

# 차례

William Shakespeare

청소년 시절 처음으로 고전 문학을 접하게 되었다고 해도, 윌리엄 셰익스피어란 이름을 낯설게 느끼는 이는 많지 않을 듯합니다. 비극적인 사랑의 대명사처럼 손꼽히며 아직도 수많은 영화와 드라마의 기본 틀이 되고 있는 〈로미오와 줄리엣〉이나, 빚 대신 살덩이를 잘라 갚으라 강요하던 못된 고리대금업자가 나오는 〈베니스의 상인〉 정도는 누구든 들어본 적이 있을 것입니다. 하다못해 셰익스피어의 4대 비극엔 어떤 작품이 포함되는지 상식 문제를 풀 듯 손꼽아본 경험은 있지 않을까요?

고전이란, 당대를 대표하면서도 후세 사람들에게 모범이 될 만한 가치를 여전히 지니고 있는 훌륭한 문학작품을 뜻합니다. 세대가 지나면 드높았던 인기도 덧없이 잊혀지고 마는 대중문학과 달리, 고전 문학은 시공간을 초월하여 변함없이 많은 사람들에게 깊은 감동과 울림을 전합니다. 다양한 세계 고전 문학 가운데서도 셰익스피어의 작품은 나라와 언어와 인종을 불문하고 누구에게나 사랑받는 명작이며, 한 편 한 편 모든 작품마다 곱씹을수록 깊은 맛이 우러나오는 고유한 삶의 철학과 세계관을 담고 있습니다.

　본래 연극 공연을 위해 쓰인 '대본'이기에, 희곡은 소설을 읽을 때보다 독자의 상상력이 독서의 재미를 더 크게 좌우합니다. 더욱이 심오한 인간 내면에 대한 성찰과 현란한 언어유희의 진수를 맛볼 수 있는 셰익스피어 작품의 주인공이 되어 한 줄 한 줄 읽어 내려가다 보면 그들의 비극적인 운명이 겪어야 하는 절망과 아픔이 뼈저리게 느껴질 것입니다.

　셰익스피어가 세상을 떠난 지 수백 년이 지난 지금, 그의 희곡들은 위대한 문학 작품을 뛰어넘어 하나의 문화로 자리잡았습니다. 실천에 앞서 늘 심사숙고하여 우유부단해 보이기 십상인 인간형을 햄릿 형 인간이라 일컬으며, "사느냐 죽느냐, 그것이 문제"라는 유명한 대사가 햄릿의 독백임을 알아차리는 것은 더 이상 대단한 지식이 아닙니다.

　제국주의의 열기가 한창이던 19세기에 영국인들이 가장 소중히 여기던 식민지 인도와도 바꿀 수 없는 존재로 극찬했던 셰익스피어는 싫든 좋든 서양 문화와 함께 전 세계인의 삶에 깊은 반향을 미친 문화로 침투했습니다. 우리는 미처 알지 못하면서도 셰익스피어의 주옥 같은 대사들을 일상에서 읊조리게 된 것이죠. 물론 문화로 정착했으니 무작정 받아들여야 한다는 의미는 아닙니다. 비판을 하거나 배척을 하더라도 제대로 실체를 알고 선택을 내릴 필요는 있으며, 그러기 위해 좀처럼 감탄을 금할 수 없는 문학 자체로서의 아름다움까지 감상하는 기회를 갖자는 것입니다.

　37편에 달하는 셰익스피어의 희곡 가운데서도 4대 비극은 문학적, 극적 완성도와 화려한 비장미 면에서 정점에 오른 작품으로 손꼽힙니다. 이상주의자이자 사유하는 몽상가로서 복수의 실천을 앞두고 고뇌하는 인간의 깊은 내면 심리를 아름다운 언어로 그린 〈햄릿〉, 자식과 부모의 관계를 새삼 돌아보게 하면서 선과 악의 본성을 들여다볼 기회를 제공하는 〈리어왕〉, 사랑과 질투라는 인간적인 감정의 애틋함과 함께 누구나 갖고 있을 법한 인간 내면의 섬뜩한 악마성을 묘사한 〈오셀로〉, 권력을 향한 인간의 욕망이 불러일으킨 고통과 비극을 어둡게 그려낸 〈맥베스〉에 이르기까지, 주인공들의 처절한 운명은 여전히 우리들의 마음을 사로잡습니다.

　셰익스피어가 왜 그토록 위대한 작가로 칭송되며, 무대에서나 문학작품으로 현대인들에게도 사랑을 받는지는 읽어본 사람만이 알 수 있을 것입니다. 그동안 『셰익스피어의 4대 비극』은 수많은 번역본이 출간되어 독자들의 아낌을 받았지만, 이번 완역본은 셰익스피어의 장엄한 비극을 맨 처음 본격적으로 접하는 청소년이나 초보 독자라도 쉽게 몰입할 수 있도록 딱딱한 문어체를 가능한 입에 익은 말투로 둥글려 다듬어, 읽기 쉬울 뿐만 아니라 연극적인 느낌에도 손색이 없도록 기획하였습니다. 상상력을 최대한 동원하여 주인공들의 절박하고 비극적인 운명을 마음으로 접한다면, 독자 여러분들도 이내 셰익스피어를 사랑해마지 않을 수 없게 되리라 믿습니다.

셰익스피어 연구회

# 등장인물

햄릿_ 덴마크 왕자, 선왕의 아들이며 클로디어스 왕의 조카

오필리아_ 폴로니어스의 딸

클로디어스_ 덴마크 왕

거트루드_ 덴마크의 왕비, 햄릿의 어머니

폴로니어스_ 클로디어스 왕의 고문관이며 재상

호레이쇼_ 햄릿의 친구

레어티스_ 폴로니어스의 아들

볼티먼드, 코닐리어스, 로즌크랜츠, 길든스턴, 오즈릭_ 시종

마셀러스, 버나도, 프랜시스코_ 경호병들

레이날도_ 폴로니어스의 하인

포틴브라스 2세_ 노르웨이 왕자

햄릿 부왕의 유령

그 밖의 배우들_ 어릿광대들, 무덤 파는 일꾼, 부대장, 영국 사신들,
남녀 귀족들, 군인, 선원, 사신, 시종들


배경_ 덴마크

제1막

William Shakspeare

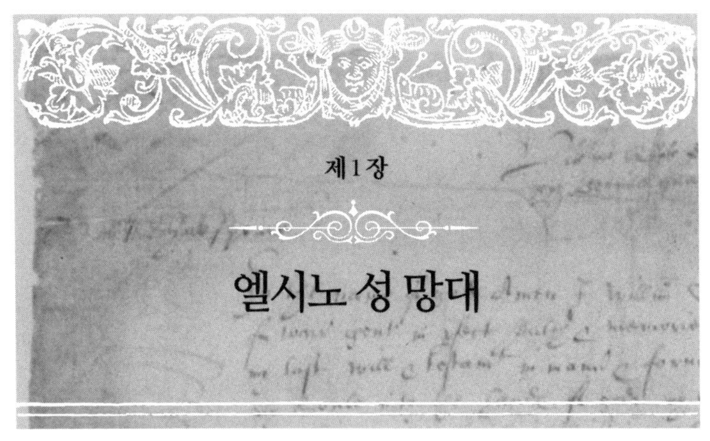

제1장

# 엘시노 성 망대

보초병 프란시스코가 왔다갔다하며 보초를 서는데, 무장한 버나도가 성에서 나온다

**버나도**  거기 누구냐?

**프랜시스코**  너야말로 누구냐? 거기 서서 신분을 밝혀라!

**버나도**  국왕 만세!

**프랜시스코**  버나도?

**버나도**　그렇다.

**프랜시스코**　제시간에 맞춰 왔군.

**버나도**　막 자정을 알리는 종소리가 울렸어. 가서 자게나, 프랜시
스코.

**프랜시스코**　교대해 줘서 고맙네. 심장까지 얼어붙는 줄 알았다
구. 무슨 추위가 이리 혹독하담.

**버나도**　별일 없었나?

**프랜시스코**　쥐새끼 한 마리도 얼씬거리지 않았네.

**버나도**　그랬군. 호레이쇼와 마셀러스를 만나거든 빨리 나오라고
전하게. 오늘 나와 함께 보초를 서기로 했거든.


### 호레이쇼와 마셀러스 등장

**프랜시스코**　발자국 소리가 들리는 걸 보니 누가 오나 보군. 정지!
거기 누구냐!

**호레이쇼**　이 나라 백성.

**마셀러스**　국왕의 신하.

**프랜시스코**　수고하게.

**마셀러스**　잘 가게, 친구. 누가 교대했나?

**프랜시스코**　버나도가 내 자리를 맡았네. 난 그만 가겠네. (퇴장)

**마셀러스**　이봐, 버나도!

**버나도**　어, 호레이쇼인가?

**호레이쇼**　그렇다고 할 수 있지.

**버나도**　잘 왔네, 호레이쇼. 어서 오게, 마셀러스.

**마셀러스**　그래, 오늘 밤에도 그게 나타났나?

**버나도**　아직은 안 나타났네.

**마셀러스**　호레이쇼는 우리가 헛것을 본 것이라며 도무지 믿지를 않네. 우리가 그렇게 끔찍한 모습을 두 번이나 봤는데 말야. 그래서 오늘 밤 꼬박 세우며 함께 망을 보자고 했지. 만일 그 헛것이 나타난다면, 이 사람도 우리의 말을 믿을 게 아니겠는가. 말을 걸 수도 있고 말야.

**호레이쇼**　쯧쯧, 나오긴 뭐가 나온다고 그러나.

**버나도**　자넨 거기 앉아서 이틀 밤이나 우리가 똑똑히 본 것을 귀담아들어 보게.

**호레이쇼**　그럼 앉아서 버나도의 이야기나 들어 보세.

**버나도**　바로 어젯밤, 북극성이 지금 저 별처럼 하늘을 비추고 있을 때였지. 마셀러스와 난 둘이서…… 마침 한 시 종이 울렸는데…….


완전 무장 차림을 한 유령이 사령관의 홀을 들고 등장

**마셀러스**　쉿, 조용히 해. 또 나타났네.

**버나도**　승하하신 선왕의 모습 그대로지 않나?

**마셀러스**　호레이쇼, 자넨 학자니까 학자답게 말을 걸어 보게.

**버나도**　선왕의 모습 그대로지 않나? 호레이쇼, 한번 보라고.

**호레이쇼**　정말 똑같군. 놀랄 만큼 똑같아 가슴이 오그라들 것 같네.

**버나도**　누군가 말을 걸어 주길 바라는 것 같지 않나?

**마셀러스**　어서 말을 걸어 봐, 호레이쇼.

**호레이쇼**　넌 누구냐? 무엄하게도 돌아가신 선왕께서 즐겨 입으시던 갑옷 차림으로 한밤중에 나타나다니! 대답하라. 어서 대답하라.

**마셀러스**　화가 난 모양이야.

**버나도**　저것 봐? 그냥 가버리잖아!

**호레이쇼**　게 서지 못하겠느냐! 멈춰라! 명령한다! 대답하라. 거기 서라! (유령 퇴장)

**마셀러스**　사라졌어. 말 한마디 하지 않는군.

**버나도**　이봐, 호레이쇼. 자네 얼굴이 백짓장이군. 부들부들 떨고 있어. 그래, 아직도 이게 우리의 망상이라고 할 수 있겠나?

**호레이쇼**　이렇게 내 두 눈으로 똑똑히 보았는데, 어떻게 망상이라고 하겠나.

**마셀러스**　선왕의 모습 그대로지?

**호레이쇼**　정말 똑같이 닮았어. 뱃속이 시커먼 노르웨이 왕과 단신으로 결투하러 가셨을 때에도 저런 차림이셨지. 또 협상에 임했다가 깨지자 화가 나서 폴란드 놈들을 빙판 위에 때려눕혔을 때에도 바로 저런 표정이셨고. 참으로 해괴한 일이야.

**마셀러스**　이런 일이 지난밤에도 일어났었네. 바로 이 시각에 갑옷을 걸치시고 우리 앞을 성큼성큼 두 번이나 지나가셨어.

**호레이쇼**　이 일을 어떻게 갈피를 잡아야 할지 모르지만, 내 생각엔 이 나라에 큰 변이 일어나려는 흉조임에는 분명한 것 같아.

**마셀러스**　자, 이러지 말고 앉아서 얘기하세. 도대체 매일 밤 백성들을 괴롭히면서까지 이토록 삼엄하게 경비를 서게 하는 이유가 뭔가? 또 날마다 대포를 만든다, 외국에서 무기를 사들인다 하며 왜 야단법석을 떠는지 아는 사람 있으면 말해 보게. 무엇 때문에 조선공을 징발해서 밤낮없이 배를 만드는지, 앞으로 무슨 일이 일어나는지 아는 사람 있으면 말해 보게나.

**호레이쇼**　나도 소문을 들었을 뿐이네. 자네들도 알다시피 조금 전에 모습을 보였던 선왕께서는 야심에 찬 노르웨이 왕 포틴브라스의 도전을 받은 적이 있었네. 하지만 용감하신 선왕 햄릿 왕은 포틴브라스의 목을 베셨지. 결국 선왕은 엄격한 기사도에 따라 포틴브라스의 목숨뿐만 아니라 영토까지 차지했지. 두 사람이 싸움을 할 때 각자 자기 영토를 걸었으니, 만일 포틴브라스가 이겼다면 햄릿 왕 역시 땅을 고스란히 빼앗겼을 거야. 이렇게 해서 햄릿 왕은 포틴브라스의 땅을 차지하게 되었어. 그런데 문제는 포틴브라스의 아들이 이 상황을 가만히 앉아서 받아들이지 않은 거야. 혈기 왕성한 그가 부랑아들을 끌어 모아 모반을 꾸미고 있다네.

하루 세 끼 배만 부르면 그만인 부랑아들을 모아 아비가 잃은 영토를 되찾겠다는 속셈이지. 온갖 전쟁준비를 하는 것도, 우리가 여기서 망을 보는 것도, 나라가 이토록 온통 야단법석인 이유 역시 모두 그 때문이라네.

**버나도**　그럴 듯한 얘기로군. 선왕이 불길한 망령으로 우리 앞에 나타난 것도 다 그 때문이군. 선왕이 예나 지금이나 전쟁의 단초가 되지 않았나 말야.

**호레이쇼**　그 망령은 그야말로 눈에 박힌 티와 같군. 그 옛날 번영을 자랑하던 로마제국도 위대한 영웅 시저가 살해되기 전날 무덤들이 텅텅 비고, 수의를 몸에 휘감은 시체들이 나와 길거리를 걸어다녔다지 않던가. 하늘의 별은 화염의 꼬리를 달고, 이슬은 핏물이 되어 내렸으며, 태양은 빛을 잃고, 밀물과 썰물의 바다를 지배하는 달조차도 말세가 온 듯 사그라졌다더군. 다시 말해 선왕의 망령도 앞으로 우리에게 닥칠 재앙의 서곡을 알려주기 위해서 나타난 것이 아닌가 싶네.

**호레이쇼**  쉿! 저것 봐, 유령이 다시 나타났어! (유령이 팔을 벌린다)
벼락을 맞더라도 한번 막아 봐야겠어. 허깨비야, 게 섰거라.
거기 서라! 입이 있거든 말을 해 봐. 네 원한을 풀어 주면 나
한테도 복이 될 테니, 어서 말을 해 봐. 혹시 이 나라의 재앙
을 알고 있는 건 아니냐? 미리 피할 수 있도록 말하라! 오, 말
하라. 아니면 생전에 땅속에 재물을 파묻어 둔 것이라도 있어
서 죽어 유령이 되어서까지 지상을 떠돌아다니는 거냐? (닭울
음 소리가 들린다) 이봐, 마셀러스! 자네가 좀 막아 보라구!

**마셀러스**  이 창으로라도 찔러 볼까?

**호레이쇼**  그래, 안 서면 그렇게라도 해 봐.

**버나도**  여기다!

**호레이쇼**  이놈! (유령 퇴장)

**마셀러스**  사라져 버렸어. 그래도 존엄한 분의 혼령인데 우리가
주먹질을 한 건 잘못이야. 아무리 후려쳐도 허공을 치는 것
처럼 허탕인데 어리석을 짓을 한 것 같아.

**버나도**  입을 열 것 같았는데 그놈의 닭이 하필 그때 울 게 뭐람.

**호레이쇼**  닭이 울자 죄인이 호출당하기라도 한 것처럼 감짝 놀
라더군. 새벽에 닭이 날카로운 울음소리로 해의 신을 부르면
동이 트는 것과 동시에 공기와 땅 위를 떠돌던 헛것들이 모

두 자신의 거처로 도망간다는 말이 틀리지 않다는 것을 지
금 알게 되었어.

**마셀러스**　닭이 우니까 사라졌어. 크리스마스 때가 되면 새벽을
알리는 닭이 밤새도록 울어서 유령들이 얼씬도 못한다는 말
도 있어. 그러면 밤도 깨끗해지고, 별들도 마력을 잃고, 요정
들도 장난기를 거두고, 마녀들도 신통력을 잃게 된다는 거야.
그래서 그때가 되면 정결하고 복스러운 기운이 넘친대.

**호레이쇼**　나도 그런 소릴 들었네. 정말 거짓말을 아닌가 보군.
자, 저기 보게나. 해가 붉은 망토를 걸치고 이슬을 밟으며 동
녘 산마루로 솟아오르는고 있군. 우리도 그만 보초를 끝내
야겠군. 내 생각에는 아까 본 일을 햄릿 왕자님께 아뢰는 게
좋겠네. 비록 그 유령이 우리에게는 입을 다물었지만, 왕자님
께는 후련하게 털어놓을지도 모르잖아. 왕자님께 말씀드리
는 걸 반대하는 사람 있나? 왕자님에 대한 우리의 의무로 보
나 충성심으로 보나 당연한 일일 것 같은데.

**마셀러스**　그렇게 하세. 오늘 아침 그분을 쉽게 만날 수 있는 곳
을 내가 알고 있네.

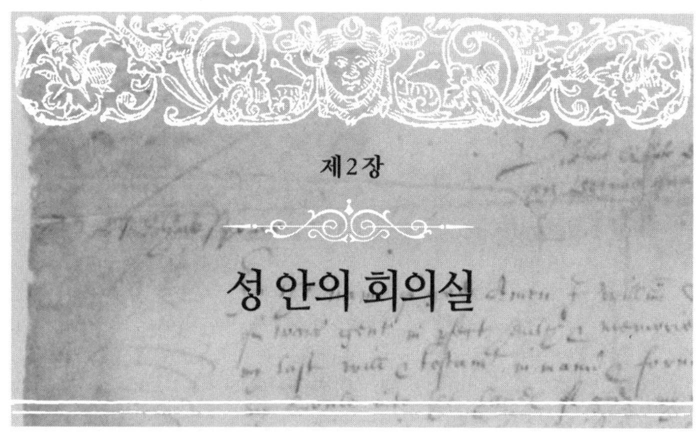



🍃 나팔 소리. 클로디어스 덴마크 왕과 거트루드 왕비, 궁신
　들, 폴로니어스와 그의 아들 레어티스, 볼티먼드와 햄릿
　왕자 등장

**왕**　존경하는 형 햄릿 왕의 죽음이 아직도 생생한 지금, 온 나라
　가 애통해 하고 슬픔에 빠져 있는 것은 당연한 일이오. 하지
　만 이제 우리도 정신을 차려야 할 때가 된 것 같소. 짐은 덴

마크를 더욱 강성하게 하기 위해, 그리고 국왕으로서 체면을 지키기 위해 한때 형수님이었던 분을 왕비로 맞아들였소. 그야말로 한쪽 눈에는 눈물을, 다른 쪽 눈에는 웃음을 띤 채 장례식은 즐겁게, 결혼식은 슬프게, 기쁨과 슬픔을 똑같이 저울질하면서 왕비를 맞아들인 셈이오. 기꺼이 진언을 아끼지 않은 경들에게 참으로 고마움을 전하오. 이미 경들도 알고 있듯이 포틴브라스 2세가 우리의 국력을 과소 평가했는지, 아니면 선왕의 승하로 우리나라가 혼란에 빠진 것으로 생각했는지 자꾸 우리들을 괴롭히고 있소. 사신을 보내어 제 아비가 선왕한테 빼앗긴 땅을 내놓으라는 거요. 이 이야기는 이쯤 해두고, 짐이 말하고 싶은 것은 상황이 이러한데 가만히 앉아 당할 수는 없다는 거요. 그래서 짐은 노르웨이 국왕에게 칙서를 보낼 작정이오. 포틴브라스 2세의 숙부가 되는 노르웨이 국왕은 지금 병환 중이어서 조카의 야심을 잘 모르고 있는 것 같소. 짐은 이 칙서에 포틴브라스 2세가 왕의 백성을 마음대로 징집하고 있으니 노르웨이 왕께서 잘 단속해서 앞으로 불상사가 일어나지 않도록 해 달라고 쓴 거요. 자, 이제 그것을 전할 사신을 정하겠소. 코닐리어스 경과 볼티먼드 경은 짐의 뜻을 잘 유념해 노르웨이 왕께 이 사실을 전하시오. 이제 경들은 신하로서 충성을 다하고 자신의 의무를 다하기를 바라겠소.

**코닐리어스·볼티먼드**  왕께서 분부하신 명을 받들겠습니다.

**왕**  경들만 믿겠소. 무사하기를 빌겠소. (볼티먼드와 코닐리어스 퇴장) 자, 레어티스, 무슨 일이라도 있느냐? 말해 보거라. 나한테 무슨 소원이 있다고 들은 것 같은데, 네 소원이라면 이 덴마크 왕이 못 들어줄 게 뭐가 있겠느냐? 나와 네 부친의 사이는 뇌수와 심장처럼 떼어놓을 수 없는 사이고, 손과 입처럼 더할 수 없이 필요한 사이니라. 그래, 바라는 게 무엇이냐, 레어티스?

**레어티스**  존경하옵는 폐하, 프랑스로 돌아가도록 윤허해 주십시오. 제가 프랑스에서 덴마크로 온 것은 폐하의 대관식에 참석하기 위해서였습니다. 이제 그 의무를 다한 지금 솔직히 프랑스로 가고 싶은 마음뿐입니다. 그래서 폐하의 윤허를 간절히 바라고 있습니다.

**왕**  부친의 허락은 받았는가? 폴로니어스 경, 그대의 생각은 어떠오?

**폴로니어스**  자식놈이 어찌나 졸라 대는지 내키지 않았지만 허락해 주었습니다. 자식놈의 뜻을 꺾지 못해 마지못해 승낙의 도장을 찍었습니다. 폐하께서도 부디 윤허하여 주옵소서.

**왕**  좋다, 레어티스. 좋은 시간을 선택해서 떠나도록 하라. 가서 마음껏 시간을 즐기되 열심히 공부해서 네 자질을 아낌없이 살리도록 하라. 이제 내 조카며 내 아들인 햄릿 차례인데……

**햄릿** (방백) 핏줄은 통해도 마음은 통하지 않아.

**왕** 어찌된 일이냐? 요즘 네 얼굴엔 먹구름이 가시지 않는구나.

**햄릿** 천만에요, 햇볕을 너무 많이 쬐어서 그렇습니다.

**왕비** 햄릿, 이제 어두운 상복은 벗어 버리고 폐하께 좀 더 부드러운 눈길을 보여드려라. 언제까지 눈을 내리깔고 돌아가신 아버지를 생각하겠느냐. 누구든 한 번은 세상을 떠나 저승으로 간다는 걸 알고 있지 않느냐?

**햄릿** 네, 물론 저도 잘 알고 있습니다.

**왕비** 그런데 왜 유독 너만 특별하게 구는 것처럼 보이느냐?

**햄릿** 보이는 게 아니라 사실이 그렇습니다, 어머니. 저는 보인다는 말을 알지 못합니다. 착하신 어머니, 이 새까만 외투나 이 검은 상복이나 억지로 내쉬는 과장된 한숨으로 어찌 제 심정을 드러낼 수 있겠습니까. 냇물처럼 흐르는 눈물과 슬픔으로 일그러진 표정 등은 그저 꾸밀 수도 있는 것이지요. 그러나 제 마음속에 있는 것은 그렇게 꾸밀 수 있는 것이 아닙니다. 드러내는 슬픔은 겉으로만 장식하는 옷이나 다를 바가 없지요.

**왕** 돌아가신 부왕을 그토록 애도하다니, 참으로 착하고 가상하구나. 하지만 생각해 보라. 네 아버지도 그 아버지를 여의셨고, 네 할아버지 또한 그 아버지를 여의셨다. 그래서 유족들

은 자식 된 도리를 하느라 일정 기간 동안 상복을 입고 애
도를 표하지. 그러나 그것도 도가 지나치면 오히려 신을 모
독하는 행위이며, 남자답지 못한 태도다. 다시 말해 신의 섭
리에 역행하는 행위이며, 다 신앙이 부족한 마음에서 비롯
된 것이다. 인간이라면 죽음을 피할 수 없는 일, 어찌 부질없
이 반항하며 슬퍼해야 하는가. 그것은 하늘을 배반하는 일
이며 망자에게도 옳지 못한 행동이고, 자연을 거역하는 일이
다. 이성적으로 생각해도 아버지의 죽음은 필연적으로 받아
들여야 할 일 아닌가. 그러므로 제발 부탁하노니, 그 부질없
는 슬픔은 거두고 나를 친아버지처럼 생각해 다오. 이 자리
에서 공포하건대 너야말로 내 뒤를 이을 왕위 계승자다. 내
가 친아버지 못지 않게 너를 사랑하는 것도 다 이러한 이유
때문이다. 그런데도 너는 다시 비텐베르크 대학으로 돌아가
겠다니, 내 뜻과는 전혀 상반되는구나. 제발 부탁하노니, 이
곳에 남아서 부디 내 신하, 내 핏줄, 내 아들로서 있어다오.

**왕비**　이 어미의 부탁도 들어다오, 햄릿. 비텐베르크로 돌아가지
말고 제발 내 곁에 있어다오.

**햄릿**　알겠습니다, 어머님. 분부대로 따르겠습니다.

**왕**　오, 듣던 중 참으로 반가운 대답이구나. 이 덴마크 땅에서 나
와 함께 지내도록 하자. 자, 갑시다, 거트루드. 솔직하고 부드
러운 햄릿의 대답을 들으니 내 마음이 가벼워지는구려. 우

리, 오늘 축하하는 의미에서 축배를 들어야겠소. 오늘 덴마크 왕이 잔을 들 때마다 축포를 쏘아 올려 온 하늘과 이 나라에 쩌렁쩌렁 울리게 하라. 자, 가자. (나팔 소리 울리고 햄릿을 제외한 사람들 모두 퇴장)

**햄릿**   아아, 참으로 더럽혀진 육체여! 차라리 녹아 버려 이슬이 되거라. 전능하신 신은 왜 자살을 금하는 율법을 정해서 자살을 못하도록 하셨는가! 아, 지루하고 멋없고 살 가치가 없는 세상살이여! 정말 지긋지긋하구나. 에잇, 더러운 세상! 황폐한 뜰에는 잡초만 자라고 주위는 온통 악취로 숨을 쉴 수 없구나. 아아, 이런 꼴이 되어 버리다니, 돌아가신 지 채 두 달도 안 되었는데. 그토록 훌륭하셨던 아버지, 지금의 왕과 비교하면 태양과 암흑이지. 어머니를 끔찍이 사랑하신 아버지, 어머니가 바람을 맞는 것조차 아까워하시던 아버지셨는데. 오, 신이시여, 또다시 기억해야 하는가. 어머니는 언제나 아버지에게 매달려 사랑을 갈구했지. 마치 사랑하면 할수록 더욱 욕구가 생기기라도 하듯이. 그런데 한 달도 못 되어⋯⋯. 오, 생각하기도 싫구나. 약한 자여, 그대의 이름은 여자인가! 한 달도 되기 전에, 니오베 여신처럼 온통 눈물에 젖어 아버지의 상여를 따라가던 신발이 채 닳기도 전에 숙부의 품에 안기다니. 오, 신이시여! 이성이 없는 짐승이라 해도 그분보다 더 오래 슬퍼했으련만. 숙부와 결혼을 하다니, 내가 헤라클레스와 전혀 닮지 않았듯이 아버지와 조금도 닮지 않은 자와 한 달도 안 되어 결혼하다니. 마음에도 없이 흘린 눈물의 소금기로 쓰린 눈동자의 핏발이 채 가시기도 전에 결혼하다니. 오, 어머니! 어쩌면 이렇게 빠르게 결정하셨나요? 그토록 민첩하게 불륜의 잠자리로 치달을 이유라도 있었나요? 이것은 선한 열매를 맺을 수 없다. 하지만 이 가슴이 터지는 한이 있더라도 입을 다물고 있어야지.


호레이쇼, 마셀러스, 그리고 버나도 등장

**호레이쇼**　안녕하십니까, 왕자님.

**햄릿**　오, 잘들 있었나. 자네 호레이쇼가 아닌가. 아니, 내가 정신이 나갔나?

**호레이쇼**　맞습니다. 왕자님의 변함없는 충복 호레이쇼입니다.

**햄릿**　여보게, 그런 말 말게. 우린 친구 사이가 아닌가. 그런데 호레이쇼, 자네 비텐베르크에서 왜 왔나? 아, 마셀러스!

**마셀러스**　왕자님 안녕하십니까!

**햄릿**　만나서 반갑네. (버나도에게 인사) 잘 있었나? 그런데 자네들 이곳엔 무슨 일로 왔는가?

**호레이쇼**　제가 원체 놀기를 좋아하는 게으른 놈 아닙니까?

**햄릿** 자네 원수가 그런 말을 한다 해도 난 믿지 않을 걸세. 자네
가 악한이나 된 것처럼 말을 한다 해도 내 귀가 어디 믿겠냐
고? 자네는 절대로 게으름뱅이가 아니라는 걸 난 알아. 그래,
무엇 때문에 이곳 엘시노에 왔는가. 내 떠나기 전에 술을 실
컷 먹여 주겠네.

**호레이쇼** 실은 부왕의 장례식에 참례하러 왔습니다.

**햄릿** 여보게들, 제발 농담은 그만두게. 어머니의 혼례식을 보러
왔겠지.

**호레이쇼** 하긴 연이어진 행사가 아닙니까.

**햄릿** 그게 다 절약 아니겠나. 제사상 음식을 차린 뒤에 그것으로
잔칫상을 차리니 얼마나 경제적인가. 이런 꼴을 볼 바에야 차
라리 천당에서 원수를 만나는 게 낫지. 호레이쇼, 난 지금도
아버님의 모습이 선하게 떠오른다네. 아, 아버님을 뵌 듯해.

**호레이쇼** 어디서요?

**햄릿** 물론 내 마음속에서지.

**호레이쇼** 저도 한 번 뵌 적이 있지요. 훌륭한 왕이셨습니다.

**햄릿** 어느 모로 보나 훌륭한 분이셨지. 그런데 다시는 그분을
만날 수 없게 되었네.

**호레이쇼** 왕자님, 저는 어젯밤 뵈었습니다.

**햄릿** 누구를 보았다고?

**호레이쇼** 왕자님의 아버님이신 부왕을 말입니다.

**햄릿**  나의 아버님을?

**호레이쇼**  잠시 진정하시고 제 얘기를 들어주십시오. 좀 듣기에
따라 망측한 일이라서 말입니다. 물론 지금 이 사람들이 증
인이지만요.

**햄릿**  뜸을 들이지 말고 어서 말해 보게.

**호레이쇼**  실은 여기 마셀러스와 버나도 이 두 사람이 이틀 밤 연
이어 보초를 섰다가 겪은 일입니다. 한밤중이 되면 부왕을
꼭 닮은 형체가 나타나는 것입니다. 머리끝에서부터 발끝까
지 단단히 무장한 모습으로 이들 앞에 나타나 위엄 있는 걸
음걸이로 지나가는 것입니다. 손에 쥔 지휘봉이 닿을락말락
한 거리를 두고 그것도 세 번씩이나 말예요. 이 두 사람은 어
찌나 무섭던지 말문이 꽉 막혀 말 한마디 건네지 못했답니
다. 그 말을 듣고 저 역시 사흘째 되던 날 밤 가서 같이 망을
보았습니다. 그랬더니 이 사람들 말대로 똑같은 시각에 똑같
은 차림을 하고 그 유령이 나타난 것입니다. 틀림없이 부왕이
셨습니다. 이 오른손과 왼손도 그렇게 똑같지는 않을 겁니다.

**햄릿**  그래, 그게 어디였나?

**마셀러스**  저희가 보초를 서고 있는 망대입니다.

**햄릿**  말 한마디 건네지 못했는가?

**호레이쇼**  물론 걸어 보았습니다만 아무런 대꾸도 없었습니다.
다만 뭔가를 말할 것처럼 고개를 치켜들 때 새벽닭이 요란스

럽게 울어 댄 것입니다. 그러자 유령은 몸을 움츠리더니 허겁
지겁 우리 눈앞에서 사라져 버렸지요.

**햄릿**　심상치 않은 일이구나.

**호레이쇼**　맹세코 이건 틀림없는 사실입니다. 그래서 이 일을 왕
자님께 아뢰는 것이 저희의 의무라고 생각했습니다.

**햄릿**　그렇고말고. 하지만 내 마음이 어지럽구나. 너희들은 오늘
밤에도 보초를 서는가?

**마셀러스·버나도**　네, 왕자님.

**햄릿**　머리끝부터 발끝까지 무장을 하고 있었단 말인가?

**마셀러스·버나도**　그렇습니다, 왕자님.

**햄릿**　얼굴은 보았는가?

**호레이쇼**　다행히 투구 안대가 올려져 있어서 보았습니다.

**햄릿**　찡그린 표정이던가?

**호레이쇼**　서글픈 표정이었습니다.

**햄릿**　창백하던가?

**호레이쇼**　네, 아주 창백해 보였습니다.

**햄릿**　자네들을 쳐다보던가?

**호레이쇼**　네, 계속 보았습니다.

**햄릿**　나도 함께 있었으면 좋았을걸.

**호레이쇼**　그랬다면 정말 놀라셨을 것입니다.

**햄릿**　그야 그랬겠지. 얼마나 있었는가?

**호레이쇼** 아마 100쯤 셌을 정도의 시간이었습니다.

**마셀러스·버나도** 아닙니다, 훨씬 더 길었습니다.

**호레이쇼** 내가 보았을 때는 그 정도밖에 되지 않았어.

**햄릿** 수염은 희끗희끗하던가?

**호레이쇼** 예, 생시에 뵈었던 모습 그대로였습니다.

**햄릿** 오늘 밤엔 나도 망을 봐야겠다. 혹시 다시 나타날지도 모르니까.

**호레이쇼** 틀림없이 나타날 겁니다.

**햄릿** 정말 아버지의 모습 그대로라면 지옥이 아가리를 벌리고 내게 침묵을 명한다 하더라도 말을 걸 것이다. 너희들에게 부탁하노니 이 일은 없었던 일로 하거라. 그리고 오늘 밤 어떤 일이 일어나더라도 가슴속 깊이 간직한 채 절대로 입 밖에 내지 마라. 너희들의 호의에 보답할 날이 있을 거다. 그럼 오늘 밤 열한 시와 열두 시 사이에 내 망대로 꼭 갈 것이다.

**일동** 왕자님을 위해 충성을 다하겠습니다.

**햄릿** 충성이 아니라 우정일세. 그럼 내 다정한 친구들, 잘 가게. (햄릿만 남고 모두 퇴장) 무장을 하신 아버님의 유령이라……. 이건 예삿일이 아니구나. 뭔가 흉측한 일이 움튼다는 증거야. 밤이 어서 왔으면 좋겠구나! 그때까진 내 마음아, 좀더 침착해지려무나. 비록 온 땅이 악행을 덮어 눈가림한다 해도 결국 우리는 보게 될 것이다. (퇴장)

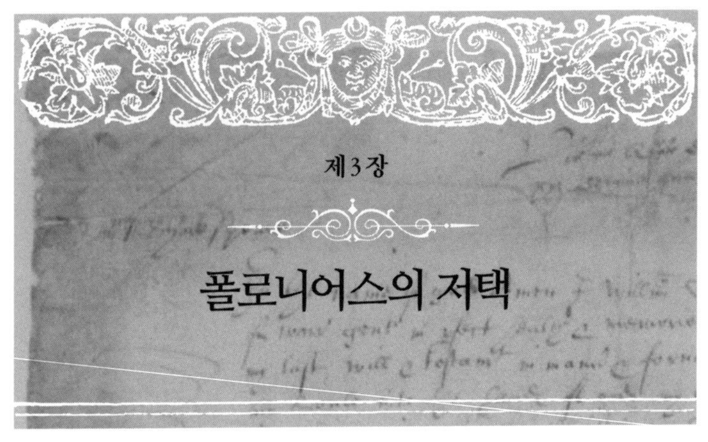



 레어티스와 오필리아 등장

**레어티스**　이제 배에 짐을 다 실었으니 작별을 해야겠구나. 오필리아야, 너도 잠만 자지 말고 편지 좀 쓰고.

**오필리아**　알았어요.

**레어티스**　그리고 햄릿 왕자가 너한테 호의를 보이신 모양인데, 한때의 바람기라는 걸 잊지 말거라. 그야말로 이른봄에 피는 오랑캐꽃과 같은 거지. 일찍 피지만 금세 시들고, 향기롭긴 하지만 오래가지 않는 것 말야. 한순간의 달콤한 향기요, 일시적인 희롱일 뿐이지.

**오필리아**  정말 그럴까요?

**레어티스**  물론이지. 인간은 키와 육체만 자라는 것이 아니라 정신과 마음도 성장하는 법이거든. 지금은 왕자님이 너를 사랑하실지도 모르지. 그분은 마음이 순수해서 속임수를 쓰거나 더러운 짓을 하지는 않지. 하지만 문제는 그분의 신분이 너무 높아, 무엇이든 자기 마음대로 일을 처리할 수 없는 입장이라는 거야. 왕실의 체통을 지켜야 하고, 보통 사람들처럼 제멋대로 행동할 수 없는 분이지. 게다가 이 나라의 안정과 번영이 그분의 선택 여하에 따라 좌우되거든. 그러니 자신의 배우자를 간택하는 것도 자신이 다스리는 백성의 의사에 따라 좌우된다는 거야. 그러니 그분이 너를 사랑한다고 말씀하시더라도 알아서 가감하는 것이 현명한 일이야. 그분의 구애에 솔깃해 넋을 잃고 소중한 정조를 바치는 일이 없도록 하거라. 오필리아, 단단히 마음을 단속해야 해. 기분에 좌우되지 말고 정욕의 위험한 화살이 닿지 않도록 해야 한단다. 정숙한 처녀는 달빛에 얼굴을 드러내는 것조차 부끄럽게 여겨야 한다고 하지 않더냐. 아무리 정숙한 여인도 비껴가기 어려운 것이 이 세상의 험담이란다. 봄에 싹트는 새싹은 활짝 피어나기도 전에 벌레 먹기 십상이고, 아침 이슬처럼 싱싱한 청춘일수록 무서운 독사의 밥이 되는 법이야. 첫째도 조심, 둘째도 조심, 그저 조심하는 게 상책이야. 물론 젊을 땐 유혹의 손길이 닿지 않아도 저절로 유혹에 빠져들지만 말이다.

**오필리아** 오라버니의 충고 마음속 깊이 간직해 감시의 눈길로 삼을게요. 하지만 오라버니, 방탕한 사제들처럼 입으로는 험한 가시밭길을 천당 가는 길이라 알려주고, 정작 자신은 환락의 꽃밭을 거닐 듯이 하면 안돼요.

**레어티스** 내 걱정은 말아라. 자, 늦었구나.


### 🌶 폴로니어스 등장


**레어티스** 아버님이 오신다. 축복을 두 번 받으면 행복도 두 배가 된다는데, 작별인사를 두 번이나 받는 행운을 얻었구나.

**폴로니어스** 아직도 가지 않았느냐? 서둘러 배를 타거라! 돛이 바람을 한껏 안고 있고, 사람들은 모두 널 기다리고 있어. 자, 축복해 주마. 그리고 몇 마디 충고할 테니 명심하거라. (아들의 머리에 손을 얹는다) 함부로 입을 놀리지 말 것, 엉뚱한 생각을 실천으로 옮기지 말 것, 잡스러운 친구를 사귀지 말 것,

일단 사귄 친구들이 진실하다면 놓치지 말 것, 햇병아리들과 너무 친하게 지내지 말 것, 싸움판에 끼여들지 말 것, 하지만 일단 끼여들면 철저히 해치우도록 해라. 다시는 너를 얕보지 않도록 말야. 그리고 남의 말에 귀를 기울이되 말을 삼갈 것, 어떠한 판단이든 신중할 것, 옷맵시를 내되 눈에 띌 정도로 내지 말 것, 품위가 있도록 말야. 옷은 인격을 나타내니까. 프랑스 고관대작들과 세련된 상류사회 양반들은 이 점에 있어서 아주 우수하지. 돈은 빌리지도 말고 꾸지도 말 것, 돈을 빌려주면 돈도 잃고 친구도 잃는다는 걸 명심하거라. 게다가 돈을 빌리면 절약하는 마음이 무뎌진다는 걸 잊지 말고. 무엇보다도 네 자신에게 충실할 것, 그렇게 하면 밤이 지나 낮이 오듯이 다른 사람에게도 충실해지게 마련이란다. 그럼 잘 가거라. 내 충고가 네 마음속에 무르익기를 기도하마.

**레어티스**  안녕히 계십시오, 아버지.

**폴로니어스**  시간이 다 됐다. 어서 가거라.

**레어티스**  오필리아, 너도 잘 있고. 내가 한 말 절대로 잊지 말거라.

**오필리아**  이 마음속을 단단히 채웠으니 열쇠는 오빠가 가져가세요.

**레어티스**  아버지, 다녀오겠습니다. (퇴장)

**폴로니어스**  오빠가 너에게 무슨 말을 하더냐?

**오필리아**  햄릿 왕자님에 관해서요.

**폴로니어스**  음, 잘했구나. 소문에 따르면 요즘 왕자님과 단둘이 시간을 많이 보낸다는 말이 있던데 사실이냐? 왕자님을 위해서 시간을 아낌없이 낸다는데, 그게 사실이라면 나도 한마디 안 할 수가 없구나. 넌 네 신분을 망각하고 있구나. 내 딸로서 네 명예를 생각해야 해. 그래, 왕자님과는 어떤 관계냐? 이 아비에게 사실대로 털어놓아라.

**오필리아**　저, 왕자님께서는 요즘 저에게 여러 번 사랑을 고백하셨어요.

**폴로니어스**　사랑이라고? 너도 참 순진하구나. 하긴 험악한 꼴을 당해 봤어야 알지. 그래, 왕자님의 고백이 진짜처럼 들리더냐?

**오필리아**　실은 어떻게 받아들여야 할지 그저 난감할 뿐입니다.

**폴로니어스**　그렇겠지. 내 말을 잘 들어라. 왕자님이 다정하게 대해 주었다고 진정으로 여겼다니, 어리석구나. 좀 더 조신하게 처신하도록 하여라. 안 그러면 속된말로 나를 웃음거리로 만들게 될 거다.

**오필리아**　하지만 그분은 명예로운 방식으로 제게 사랑을 고백했습니다.

**폴로니어스**　방식에 현혹하기 십상이지. 다들 그래.

**오필리아**　게다가 자기 말이 진심임을 거듭 맹세했어요.

**폴로니어스**　그게 바로 덫이 아니고 무엇이겠니? 얘야, 맹세란 불길처럼 활활 타오르다가 금세 사라지는 거야. 그 불길을 진심으로 받아들였다가는 낭패를 당하기 십상이야. 앞으로는 순결한 처녀답게 그분과 쓸데없이 만나는 일은 삼가는 게 좋겠구나. 왕자님의 요구에 호락호락 넘어가지 말고 고자세를 취해야 해. 왕자님은 너와 달리 아주 자유로우신 분이야. 그러니 왕자님의 맹세를 믿어선 안 돼. 그런 맹세 따위는 겉과 속이 다르단다. 가당찮은 청원을 하는 사람들처럼 입으로는 그럴 듯하게 말을 하지만, 실상은 자기들의 욕망을 채우기에 급급할 뿐이야. 여자에게 불륜을 권하는 뚜쟁이 같다고나 할까. 다시 한번 말하건대 앞으로 단 한순간이라도 햄릿 왕자님과 시간을 보내면서 허비하지 말거라. 알겠지? 단단히 조심해야 해. 자, 이제 들어가자.

**오필리아**  아버님 분부대로 따르겠습니다. (두 사람 퇴장)

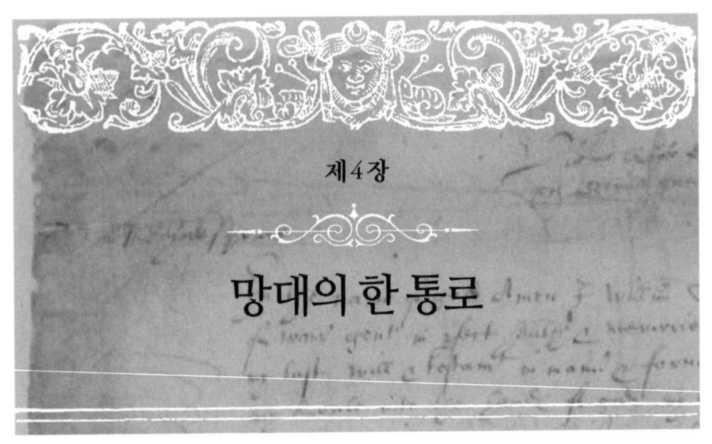

제4장

## 망대의 한 통로

**햄릿, 호레이쇼, 마셀러스 등장**

**햄릿**  바람이 살을 에는 것 같구나. 날씨 한번 고약하군.

**호레이쇼**  온몸이 얼음장입니다요.

**햄릿**  몇 시냐?

**호레이쇼**  아직 자정이 안 된 것 같습니다.

**마셀러스**  아닙니다. 조금 전에 자정을 알리는 종을 쳤는걸요.

**호레이쇼**  그래? 왜 난 못 들었지? 그럼 유령이 나타날 시각이 됐군.

🌶 **이때 궁에서 나팔 소리와 축포 소리가 들린다**

**호레이쇼**  왕자님, 이게 무슨 소린가요?

**햄릿**  왕께서 밤새도록 주연을 베풀고 있다네. 요란하게 춤을 추며 한마디로 난장판을 벌이고 있는 셈이지. 왕이 포도주를 한 잔 비울 때마다 북을 치고 나팔을 불어 왕의 만수무강을 백성들에게 알린다는 걸세.

**호레이쇼**  그게 관습인가요?

**햄릿**  그렇다네. 저런 관습은 차라리 없애 버리는 것이 좋겠어. 엄청나게 술을 마셔 대니까 세계로부터 우리나라가 비난을 받고 있어. 돼지처럼 주정을 부린다고 욕을 해대는 거야. 참으로 망신스런 관습이지. 저래서 우리가 아무리 훌륭한 업적을 쌓는다 해도 소용이 없게 되지. 말하자면 어떤 사람이 선천적으로 결함을 갖고 태어났다 해도 그건 그 사람 잘못은 아니지 않나. 그렇게 태어나고 싶어서 태어난 건 아니거든. 그런데 그 결함을 더욱 부각시켜 봐. 아마 그 사람이 아무리 빼어난 미덕이 있다 해도 그 결함이 더욱 드러나 사람들로부터 손가락질을 받게 될 거야. 이처럼 티끌만 한 결점이라 해도 평판에 치명적일 수도 있다는 거지. 왜 그런 말 있잖은가. 백 번 잘하다가도 한 번 잘못하면 잘못한 것만 눈에 띄고 잘한 건 모두 없어지는 것 말야.

## 유령 등장

**호레이쇼** 왕자님, 드디어 나타났습니다!

**햄릿** 하느님, 우리를 지켜 주소서! 그대는 누구인가? 천사냐, 악마냐? 하늘에서 왔는가, 지옥에서 왔는가? 우리를 구하러 왔는가, 멸망시키러 왔는가? 그대 모습을 보니 차마 말을 걸지 않을 수가 없구나. 오, 덴마크의 왕, 햄릿이시여, 대답하라. 나를 의혹에 빠뜨리지 말고, 죽어서 땅 속에 묻힌 시체가 어찌하여 수의를 벗고 나타났는가? 어찌하여 그대가 고이 잠들었던 땅 속 유택에서 나와 이곳을 거니는지 말해 보라. 싸늘한 시체가 되어 버린 그대가 어찌하여 갑옷을 걸치고 이 밤에 나타나 사람들을 떨게 만드는지 말해 보라. 또한 어리석은 우리 인간들의 머리로는 도저히 풀지 못할 문제를 던져주고 공포에 떨게 하는지 그 이유를 말하라. 어떻게 하라는 것이냐? (유령이 햄릿에게 손짓을 한다)

**호레이쇼** 함께 가자고 손짓하는군요. 왕자님께만 알려드릴 것이 있는 모양입니다.

**마셀러스**　보세요, 아주 근엄하고 정중한 태도로 손짓을 하는군요. 하지만 왕자님, 따라가지 마십시오.

**호레이쇼**　그래요, 가시면 절대로 안 됩니다.

**햄릿**　이제 와서 내가 무엇이 두렵겠는가. 내 목숨은 바늘 하나만큼의 가치도 없어. 나 역시 저 유령과 마찬가지 영혼을 갖고 있는데 무슨 피해를 입겠는가? 따라가야겠다.

**호레이쇼**　바다로 끌고 가면 어떻게 하시려고 그러세요? 아니면 낭떠러지 벼랑으로 끌고 간 뒤 끔찍한 모습으로 돌변한 뒤 왕자님의 이성을 마비시켜 혼백을 빼 버리면 어떻게 해요? 왕자님, 이성을 찾으세요. 인간이란 절벽 위에서 짙푸른 바다를 내려다보며 울부짖는 파도 소리만 들어도 죽음에의 유혹을 느끼는 법입니다.

**햄릿**　여전히 나를 부르고 있다. 난 따라가 봐야겠어.

**마셀러스**　왕자님, 제발 가지 마십시오.

**호레이쇼**　진정하세요. 절대로 가시면 안됩니다.

**햄릿**　운명이 나를 부르고 있어. 온몸의 핏줄이 네메아 사자(헤라클레스가 죽였다고 전해지는 무서운 사자)의 힘줄처럼 팽팽해지고 있는걸. 여전히 나를 부르고 있어. 제발 날 붙잡지 말라. 만일 방해하면 모두 죽이겠다. 들었느냐? 비켜라, 비켜! 유령이여, 가거라. 내 기꺼이 너의 뒤를 따를 것이다. (유령과 햄릿

퇴장)

**호레이쇼**   유령에 홀려 넋이 빠졌구나.

**마셀러스**   명령에만 복종할 때가 아닙니다. 어서 따라가 봅시다.

**호레이쇼**   장차 이 일을 어찌할꼬?

**마셀러스**   이 나라에서 뭔가 푹푹 썩고 있군요.

**호레이쇼**   하늘의 뜻을 따를 수밖에 없겠지.

**마셀러스**   우리도 어서 따라가 보지요. (퇴장)

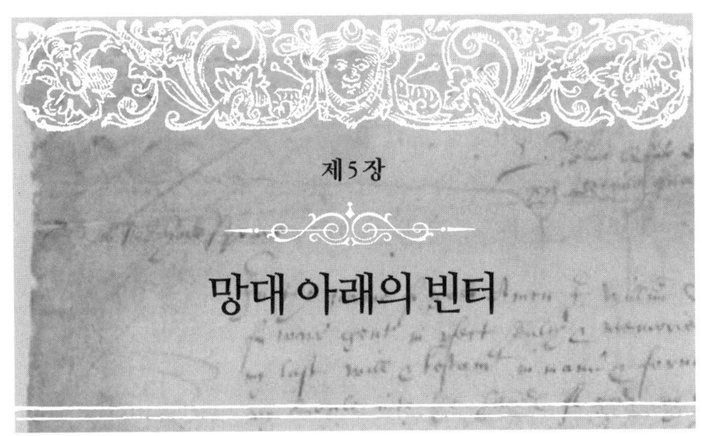


## 유령과 햄릿 등장

**햄릿**  어디로 가느냐? 말하지 않으면 더 이상 따라가지 않겠다.

**유령**  잘 들어라.

**햄릿**  말하라, 듣고 있으니까.

**유령**  곧 있으면 유황불에 이 몸을 맡겨야 한다.

**햄릿**  오, 불쌍한지고!

**유령**　동정할 필요는 없다. 내 말이나 들으면 된다.

**햄릿**　말하라.

**유령**　듣고 나서 네가 할 일이 있다.

**햄릿**　뭐라고?

**유령**　나는 네 아비의 혼령이다. 밤이 되면 잠깐 동안 돌아다닐 수가 있지만 낮이 되면 불길 속에서 고통을 받고 있다. 생전에 저지른 죄악이 다 타서 정화될 때까지 그래야 할 운명이다. 만일 내가 금단의 계율을 깨뜨려 저승의 비밀을 털어놓는다면, 너의 영혼은 상처를 입고 젊은 피조차도 얼어붙으며 두 눈은 별똥처럼 튀어나와 사라지고 곱슬곱슬한 머리칼은 성난 고슴도치처럼 곤두설 것이다. 그러니 저승세계의 영원한 비밀을 이승의 인간에게 털어놓을 수는 없다. 자, 듣거라. 네가 아버지를 단 한 번이라도 사랑한 적이 있다면, 듣거라.

**햄릿**　오, 신이시여!

**유령**　비겁하기 짝이 없는 살인자에게 복수하라.

**햄릿**　살인이라고요?

**유령**　살인이란 어떤 것으로도 합리화될 수 없는 잔학한 행위지만 이번 살인은 가장 흉측하고 무도한 짓이었다.

**햄릿**　어서 말씀을 하시지요. 사랑의 화살보다 빠르게 날아가 살인자를 해치우겠습니다.

**유령** 암, 그래야지. 내 말을 듣고도 분개하지 않는다면 저승에 흐르는 망각의 강변에 번성하는 잡초보다도 못한 인간이겠지. 햄릿아, 잘 들거라. 세상에 알려진 바로는, 내가 정원에서 낮잠을 자다가 독사에게 물려 죽은 것으로 되어 있을 것이다. 덴마크의 모든 백성들은 그 날조된 얘기에 감쪽같이 속고 있지만, 사실은 잘 들거라. 네 아비를 죽인 독사는 지금 머리 위에 왕관을 쓴 자니라.

**햄릿** 오, 내 예감대로 숙부가.

**유령** 그렇다. 근친을 간음한 자, 그놈은 짐승보다 못한 놈이다. 간악한 지혜와 재주를 부려 유혹의 마수를 정숙한 체하던 나의 왕비에게 뻗쳐 음란한 자리로 끌어들였다. 오, 햄릿! 이 얼마나 천박한 배신이냐. 마음속 깊이 사랑을 하고 백년가약의 맹세를 굳세게 지켜 온 나를 배반하여, 형편없이 비열한 녀석과 배를 맞추다니! 진정 정숙한 여인이라면 욕망이 천사의 탈을 쓰고 유혹할지라도 결코 흔들릴 수 없을 텐데. 반대로 음탕한 여인이라면 천사와 관계를 맺는다 해도 썩은 고기를 탐내는 법이겠지. 오, 벌써 새벽이 밝아 오는구나. 내 간단히 말하마. 나는 그날 늘 하던 버릇대로 정원에서 낮잠을 자고 있었다. 그런데 네 숙부가 몰래 숨어들어 헤보나를 내 귓속에 부은 것이다. 이 독약은 인체를 썩게 하는 극약으로, 순식간에 핏줄을 타고 온 몸에 번져 마치 우유에 식초 한 방울을 떨어뜨린 듯이 맑고 깨끗한 피를 굳어 버리게 한다. 내 피도 그렇게 금세 뻣뻣해졌고, 문둥이처럼 더럽고 흉측한 부스럼이 내 부드러운 살결을 순식간에 뒤덮었다. 이렇게 해서 난 목숨뿐만 아니라 왕관, 왕비마저도 한 꺼번에 빼앗기고 말았다. 게다가 죄업이 한창일 때 죽는 바람에 성찬식도 못하고 최후의 참회 기도도 없이 하느님 앞에 끌려나가 심판대에 오르게 된 것이다. 오, 정말로 끔찍한 일이다! 정말로 무서운 일이다. 만일 너에게 조금이라도 효심이 남아 있다면, 덴마크 왕실의 거룩한 침상을 패륜과 정욕 속에 그대로 버려 두지 말거라. 그러나 이 일에 대한 복수를 하되 네 마음을 더럽히지는 말아라. 그리고 아무리 분노하더라도 어머니를 해치지 말고 하늘의 심판에 맡겨 둬라. 그녀의 마음속에 가책이 일어나 고통을 받도록 내버려두거라. 자, 이제 이별의 시간이다. 반딧불이 희미해지는 것을 보니 새벽인가 보구나. 잘 있거라. 잘 있거라, 내 아들. 나를 잊지 말거라. (퇴장)

**햄릿**  오, 하늘과 땅의 신들이여! 그리고 지옥도 불러낼까? 오, 심장이여, 견디어라. 내 몸의 근육들이여, 갑자기 늙지 말고 나를 튼튼히 설 수 있게 하라. 잊지 말라고? 그러마, 불쌍한 유령이여. 기억이라는 것이 내 흐트러진 머릿속에 존재하는 한 내 잊지 않으마. 그대를 잊지 말라고? 그러마. 내 기억의 여백에서 하찮은 기억들일랑 지워 버리자. 격언이며 지식, 과거의 인상들은 지워 버리고 오로지 그대의 명령만을 기억의 갈피에 남겨 두리라. 진정으로 하늘에 걸고 그토록 악독한 여인이 있는가! 내 수첩에 똑똑히 적어 두리라. 그 악당, 얼굴에 태연하게 미소를 띠고 그런 악당도 있다는 것을. 적어도 덴마크에선 그런 일이 가능하구나. (적는다) 자, 숙부여! 이번엔 내 좌우명을 적자. "잘 있거라…… 나를 잊지 말거라." (무릎을 꿇고 칼자루에 손을 얹으며 맹세한다) 자, 이제 맹세까지 했구나.


## 호레이쇼와 마셀러스 등장


**호레이쇼·마셀러스**　왕자님, 왕자님!

**마셀러스**　왕자님!

**호레이쇼**　하늘이여, 왕자님을 보호하소서!

**햄릿**　그리하여 주소서.

**마셀러스**　어이, 왕자님!

**햄릿**　어이, 여길세, 여기! 여기야!

**마셀러스**　귀하신 왕자님, 괜찮으십니까?

**호레이쇼**　도대체 어떻게 됐습니까, 왕자님?

**햄릿**　아, 놀라운 일이다.

**호레이쇼**　제 왕자님, 어서 말씀을 해 주시지요.

**햄릿**　안 돼. 말이 새어나가면 절대로 안 될 일이네.

**호레이쇼**　제가요? 왕자님, 맹세코 입을 다물고 있겠습니다.

**마셀러스**　저도 하늘에 걸고 맹세합니다.

**햄릿**　도대체 상상조차 할 수 없는 일이야. 그래, 비밀을 지키겠지?

**호레이쇼·마셀러스**　왕자님, 하늘에 걸고 맹세합니다.

**햄릿**　덴마크의 악당치고 극악무도하지 않은 놈은 없단 말야.

**호레이쇼**　유령치고 그런 말을 못하는 유령이 어디 있겠습니까?

**햄릿**　맞아, 네 말이 맞구나. 그러니까 더 주절주절 말할 필요 없이 악수나 하고 헤어지는 게 좋겠네. 자네들도 해야 할 일이 있잖나. 사람은 제각기 할 일이 있고, 하고 싶은 일이 있지 않겠나. 모두가 그래. 자, 나는 말야, 이제부터 기도하러 가야겠네.

**호레이쇼**　왕자님 말씀을 도무지 알아듣지 못하겠습니다.

**햄릿**　미안하네. 기분이 상했다면 용서해 주게. 미안하네.

**호레이쇼**　왕자님, 그 뜻이 아닙니다.

**햄릿**　아니야, 좀 그럴 일이 있네. 호레이쇼, 성 베드로의 이름을 걸고 맹세하건대 기분이 상했을 거야. 그것도 매우 상했겠지. 사실 아까 우리가 본 유령은 악귀가 아니라는 것만은 말해 두지. 유령과 무슨 얘기를 주고받았는지 알고 싶겠지만, 제발 참아 주게. 그나저나 자네들은 내 친구이기도 하고 학자이며 군인이기도 하니까 내 부탁 하나만 들어주게.

**호레이쇼**  왕자님, 말씀만 하시지요. 기꺼이 들어 드리겠습니다.

**햄릿**  우리가 본 일을 절대로 입 밖에 내지 말게.

**호레이쇼·마셀러스**  절대로 발설하지 않겠습니다.

**햄릿**  맹세해 주게.

**호레이쇼**  결코 발설하지 않을 것을 맹세합니다.

**마셀러스**  결코 발설하지 않을 것을 맹세합니다.

**햄릿**  (칼을 빼들고) 그럼 내 칼에 대고 맹세해 주게.

**마셀러스**  왕자님, 이미 맹세했습니다.

**햄릿**  진정코 이 칼에 대고 맹세하게.

**유령**  (지하에서 소리친다) 맹세하라.

**햄릿**  이 유령 좀 보라지! 말을 다 하네. 아직 거기 있나 보군. 자, 친구들, 지하에서 하는 말을 들었지?

**호레이쇼**  왕자님께서 선창하시지요.

**햄릿**  "오늘 밤 본 것을 절대로 발설하지 않겠노라." 자, 이 칼에 대고 맹세하라.

**유령**  (지하에서 소리친다) 맹세하라.

**호레이쇼**  오늘 밤 본 것을 절대로 발설하지 않을 것을 맹세합니다.

**햄릿**  참으로 신기하군. 장소를 한번 바꿔 보자. 다시 한 번 "오늘 밤 본 것을 절대로 발설하지 않겠노라."고 이 칼에 대고 맹세하라.

**유령**  (지하에서 소리친다) 그의 칼에 대고 맹세하라.

**햄릿**  참, 대단해. 두더지처럼 아주 민첩하게 움직이는군. 다시 한번 장소를 바꿔 보자.

**호레이쇼**  참으로 해괴한 일도 다 있군요.

**햄릿**  호레이쇼, 세상에는 우리들의 학식으로도 도저히 해결할 수 없는 일들이 많다네. 그러니 아무것도 묻지 말게. 자, 다시 한번 맹세하게나. 그리고 앞으로 내가 해괴한 행동을 하거나 경우에 따라서는 미친 척할지도 모르네. 그런 경우에 자네들은 이런 행동을 해선 안 되네. 팔짱을 끼고 머리를 좌우로 절레절레 흔들면서 제법 알 듯한 말투로 '그래, 우린 다 알아'라든가, '설명하자면 못할 것도 없지'라든가, '지금은 말할 수 없지만'이라든가, '입 밖에 낼 수만 있다면' 등등, 그 따위 애매한 말을 중얼거리며 자네들이 내 비밀을 알고 있는 척하지 말란 말일세. 그렇게만 하지 않으면 자네들에게 설령 위태로운 고비가 오더라도 반드시 신께서 도와주실 거야. 자, 어서 맹세하게.

**유령**  (지하에서) 맹세하라. (그들이 칼에 대고 맹세한다)

**햄릿**  이제 그만 진정하라, 유령이여! 그럼 그대들, 잘 부탁하네.

지금은 이처럼 능력이 없는 햄릿이지만 하느님이 은혜만 내
린다면 그대들의 우정에 보답할 날이 올 거야. 자, 이제 들어
가지. 다시 한번 부탁하건대 입에 자물쇠를 꼭꼭 채워야 하
네. 어지러운 세상이야. 오, 이 무슨 저주받은 운명이란 말인
가. 하필이면 세상을 바로잡기 위해 태어나다니. 자, 어서 가
자. (모두 퇴장)

제 2 막

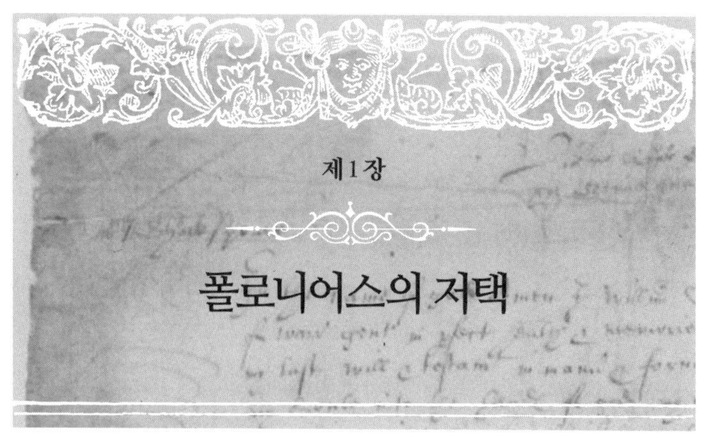


## 폴로니어스와 레이날도 등장

**폴로니어스**  레어티스에게 이 돈과 편지를 전해 주거라, 레이날도.

**레이날도**  알겠습니다.

**폴로니어스**  너라면 귀신도 곡할 만큼 잘해 낼 수 있을 거야. 레이
날도, 반드시 명심해. 내 아들놈을 만나기 전에 그놈이 어떻
게 지내는지 낱낱이 조사부터 해야 한다는 걸.

**레이날도**　그러잖아도 그럴 참이었습니다.

**폴로니어스**　좋아, 믿을 만해. 우선 파리에 도착하면 덴마크 사람
들이 어디에 있는지부터 조사해야 돼. 누가 어디에 살면서
어떤 생활을 하는지, 누가 누구와 사귀며 돈은 얼마나 쓰는
지도 알아봐야 하지. 그렇게 하나하나 알아가다 보면 필경
레어티스를 안다는 사람이 나올 거야. 그럼 자네도 레어티스
를 약간 안다고 하며 말을 붙이는 거지. 그러니까 부친과 그
분의 친구들을 안다고 해야겠지. 그렇게 따지고 들어가다 보
면 레어티스를 안다고 말할 수도 있다고 있겠지. 내 말뜻 알
겠나, 레이날도?

**레이날도**　알겠습니다, 나리.

**폴로니어스**　'본인도 좀 알기는 하지만 잘은 모르죠'라며 접근하
는 거야. 그리고 약간의 험담은 늘어놔도 좋지만, 명예를 손
상시키는 말은 하지 말게. 그 점을 각별히 조심해야 해. 젊은
이에게 으레 따라다니는 방탕이나 환락에 빠져 사는 행동 따
위의 실수쯤이야 상관없겠지.

**레이날도**　도박 같은 것도요?

**폴로니어스**　그렇지. 또한 음주, 결투, 욕설, 싸움질이나 오입질 정
도는 괜찮아.

**레이날도**　나리, 그런 것은 명예에 관한 일인뎁쇼.

**폴로니어스**　상관없어. 자네가 말하기 나름이야. 말을 꺼낸 뒤 적

당히 얼버무리면 돼. 하지만 더 이상의 험담을 하지는 마. 이를테면 '그 녀석은 여자라면 사족을 못 씁니다'라는 돌이킬 수 없는 말을 하지는 말게. 하여튼 내가 원하는 것은 험담을 하되 살짝 내비치는 것으로 해서 젊은 혈기에 충분히 있을 수 있는 탈선쯤으로 인식하게 하면 돼. 누구나 젊을 때에는 물불 안 가리니까 그 정도의 탈선쯤은 충분히 있을 수 있다고 이해시키란 말야.

**레이날도**　하지만 저…….

**폴로니어스**　도대체 무슨 이유로 그렇게까지 하냔 말이지?

**레이날도**　예, 그 까닭을 알고 싶습니다.

**폴로니어스**　그러니까 내가 바라는 바는 바로 이거야. 이 방법이야말로 최상의 방법이라고 믿고 있거든. 우선 자네가 레어티스의 흉을 보면서 슬쩍 물고늘어지면, 아마 상대방은 맞장구를 치거나 반박을 할 거야. 불미스런 행위를 목격했다면 틀림없이 맞장구를 치겠지. '네, 그렇습니다요, 어르신' 하거나, 아니면 '여보시오' 하면서 마구 험담을 늘어놓겠지. 물론 그 마을의 관습이나 신분에 따라서 자네에 대한 호칭은 달라지겠지만.

**레이날도**　예, 잘 알아들었습니다.

**폴로니어스**　그리고 그 사람은, 그러니까 상대방은, 어, 내가 어디까지 얘기했더라? 분명히 자네에게 뭔가 할말이 있었는데?

**레이날도** "호칭은 달라지겠지만"까지 하셨습니다.

**폴로니어스** 맞아, 그랬지. 어쨌든 자네가 아는 척을 하면 상대방은 자기가 아는 얘기를 술술 털어놓을 거야. '그분이라면 익히 알고 있지요. 어제였던가, 아니 그제였습니다요. 아무개와 같이 도박을 하고 계셨습니다요. 아니, 진탕 취해 있더군요. 테니스를 하다가 싸움박질이 일어났지요.' 뭐 이런 말을 할 거야. 혹은 '어젠가 가게에 들르는 걸 보았지요.' 이런 말을 할지도 모르지. 여기서 가게란 사창가야. 내 말 알겠나? 다시 말해 자네는 거짓말을 미끼로 진짜 대어를 낚는 셈이지. 원래 지혜롭고 선견지명이 있는 사람들은 으레 먼발치에서 뒤통수를 치는 간접적인 방법을 통해 직접적인 진실을 알아내는 법이야. 자, 이제 내가 가르쳐 준 비결로 내 아들의 행적을 파악해 주게. 무슨 뜻인지 알겠지?

**레이날도** 예, 소인 잘 알아들었습니다.

**폴로니어스** 좋아, 그러면 가보게나.

**레이날도** 알겠습니다.

**폴로니어스** 가서 그 애의 동정을 직접 살피는 것도 잊지 말게.

**레이날도** 알겠습니다.

**폴로니어스** 음악 공부도 게을리 하지 않도록 이르게.

**레이날도** 네, 나리.

**폴로니어스** 그럼 잘 다녀오게. (레이날도 퇴장)

# 오필리아가 황급히 달려온다

**폴로니어스**　오필리아야, 무슨 일이냐?

**오필리아**　아, 아버지, 큰일났어요. 무서워 죽을 것 같아요!

**폴로니어스**　도대체 무슨 일이길래 이렇게 호들갑이냐?

**오필리아**　제가 방에서 바느질을 하고 있는데, 햄릿 왕자님께서 나타나셨어요. 웃옷을 풀어헤치고 모자도 벗어 버린 채 더러운 양말을 신고 대님도 매지 않은 채 햄릿 왕자님께서 나타나셨어요. 창백한 얼굴에 무릎까지 떨면서 마치 지옥에서 금방 빠져나온 사람처럼 비통한 표정을 지으며 제 앞에 나타난 거예요.

**폴로니어스**　드디어 상사병으로 미치셨구나.

**오필리아**　잘 모르지만 정말 무서웠어요!

**폴로니어스**　그래, 뭐라고 하시더냐?

**오필리아**　제 손목을 꼭 붙잡고 꽉 껴안은 뒤 왕자님의 팔 길이만큼 몸을 뒤로 젖히셨다가 다른 손으로 이마를 짚으시면서 마치 초상화라도 그리려는 듯 물끄러미 제 얼굴을 들여다보시는 거예요. 한참을 그러고 계셨어요. 그러더니 이번엔 제 팔을 가볍게 흔드신 다음 고개를 세 번 흔들고 나서 괴로운 듯한 한숨을 푹 내쉬셨어요. 얼마나 하늘이 무너질 듯한 한숨인지 그분의 온 몸이 부서지고 목숨이 끊어지는 게 아닌가 싶었어요. 그런 다음 제 손목을 놓고 문 쪽으로 가셨어

요. 마치 보지 않아도 방향을 아는 사람처럼 제게서 시선을
떼지 않은 채 걸음을 문으로 옮기셨어요.

**폴로니어스**  자, 나랑 함께 가자. 국왕 폐하께 이 사실을 아뢰어야
겠다. 상사병에 걸리신 게 분명해. 일단 사랑에 빠지면 누구
든 패가망신을 당하지. 인간의 마음을 짓이기는 격정이란 어
디 한두 가지뿐이겠냐만, 사랑만큼 우리를 엉망진창으로 만
드는 것도 없단다. 큰일났구나. 너 요즘 왕자님께 냉랭하게
대했니?

**오필리아**  아니에요, 아버지. 그저 분부하신 대로 편지를 모두 돌
려보내고, 다시는 찾아오지 마시라고 한 것뿐이에요.

**폴로니어스**  그래서 실성하셨구나. 내가 경솔했구나. 좀 더 주의
깊게 관찰했어야 했는데, 난 그분이 일시적으로 너를 농락하
려는 줄 알았지. 빌어먹을, 늙으면 괜스레 사서 걱정을 한다
더니, 의심부터 하는 게 잘못이야. 정반대로 젊은이들은 너
무 분별이 없어서 탈이고. 어서 국왕 폐하를 뵙고 말씀을 드
려야겠다. 진노가 두려워 숨기려다가 오히려 병이 깊어지면
큰일이니까. (모두 퇴장)

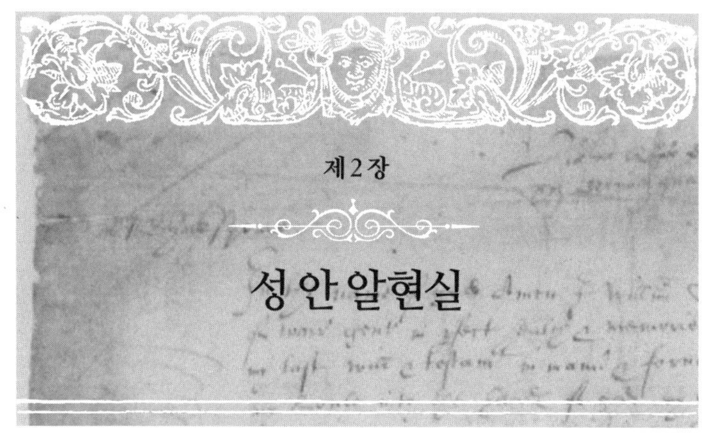

제 2 장

## 성 안 알현실

나팔 소리가 울려 퍼지는 가운데 왕과 왕비, 로즌크랜츠, 길든스턴, 그 밖의 궁신들 등장

**왕** 오, 로즌크랜츠, 그리고 길든스턴, 어서 오너라. 이번에 짐이 너희를 부른 이유는 보고 싶은 마음도 있었지만, 긴히 부탁할 게 있어서다. 제군들도 소문을 들어 알고 있을 것이다. 햄릿이 완전히 딴사람이 되었어. 변했다고 해야겠지. 겉모습이

나 생각하는 것이나 모두 옛날과는 완전히 딴판이야. 물론
선친을 여읜 때문이겠지만, 그렇게까지 이상해진 것은 도무
지 이해할 수가 없단 말이다. 그래서 제군들을 부른 것이다.
어릴 적부터 그애와 함께 자랐으니 아마 그애의 기질을 잘 알
고 있을 거야. 다시 말해 제군들이 잠시 왕궁에 머무르면서
그애와 말벗을 하면서 우리가 모르는 그애의 고민의 정체를
알아보거라. 그 원인을 알게 되면 치료 방법도 자연히 생기
지 않겠느냐?

**왕비**  햄릿은 늘 그대들에 관한 이야기를 했었소. 그대들을 날마
다 그리워했었지. 그러니 우리의 바람대로 이곳에 머무르면
서 우리에게 힘이 되어 주시오. 그렇게만 한다면 왕께서 마
땅한 보상을 내리실 거요.

**로즌크랜츠**  부탁이시라니, 황공하기 그지없사옵니다. 국왕 폐하
께서 소신들에게 명령을 내리시는 것이 마땅하옵니다.

**길든스턴**  소신들은 몸과 마음을 바쳐 충성을 다하겠습니다.

**왕**  고맙구나, 로즌크랜츠, 길든스턴.

**왕비**  고맙소, 로즌크랜츠, 길든스턴. 부탁하건대 내 아들한테 지
금 가시오. 얘들아, 누구든 이분들을 햄릿 왕자께 모셔다 드
려라.

**길든스턴**  신이시여, 우리가 이곳에 머무르는 것이 국왕 폐하께
위로가 되고 우리의 하는 일이 폐하께 도움이 되도록 하옵

소서.

**왕비**  아멘! (로즌크랜츠, 길든스턴, 시종들 퇴장)


## 🎵 폴로니어스 등장


**폴로니어스**  폐하, 노르웨이에 파견했던 사신 일행이 만족할 만한 결과를 가지고 돌아왔습니다.

**왕**  경은 언제나 좋은 소식만을 갖고 오는구려.

**폴로니어스**  그랬습니까, 폐하? 그거야 제가 당연히 해야 할 의무지요. 하나님이나 왕실에 똑같이 은혜를 입었으니까요. 실은 새로 알아낸 사실이 있습니다. 혹시라도 사실과 다르다면 제 머리가 아둔해진 탓이겠으나 바로 햄릿 왕자님이 발작한 이유를 알아냈사옵니다.

**왕**  오, 말하라! 그게 무엇이냐?

**폴로니어스**  먼저 사신들을 맞으시지요. 저는 사신들의 좋은 소식을 마음껏 들은 뒤 디저트로 말씀드리겠습니다.

**왕**  경이 사신들을 들여보내라. (폴로니어스 퇴장) 여보, 폴로니어스가 햄릿의 발작 원인을 알아냈다고 하는군요.

**왕비**  그저 짐작을 했다는 거겠지요. 이유야 부왕의 죽음이라든지 우리들의 성급한 결혼 따위가 아니겠어요?

**왕**  어디 얘기를 들어봅시다.




**왕**  그래, 어서들 오게. 볼티먼드, 노르웨이 왕의 회신은 무엇인가?

**볼티먼드**  지극히 정중한 답신을 주셨습니다. 폐하의 칙서를 보시고 노르웨이 왕께서는 즉시 조카의 군사 모집과 모금 행위를 중단하도록 명령을 내리셨습니다. 노르웨이 왕께서는 그 일을 폴란드에 대한 원정군을 준비하는 것으로 알고 계셨던 것입니다. 하지만 조사해 본 결과 우리와 싸우기 위해서라는 것을 아시고, 병석에 있는 자신을 속였다 하여 노르웨이 왕께서는 몹시 노하셔서 포틴브라스 2세를 힐책하셨습니다. 그리하여 그는 두번 다시 덴마크 왕가에 창칼을 휘두르지 않겠다고 숙부이신 노르웨이 왕 앞에서 맹세했습니다. 이에 노르웨이 왕은 지극히 만족하여 연금 3천 크라운을 그에게 주었고, 모집한 병사들은 폴란드 원정에 써도 좋다는 권한을 주셨습니다. 그리고 자세한 내용은 여기 적혀 있습니다만, (칙서를 바친다) 이 원정을 위해 폐하의 영토를 무사히 통과할 수 있도록 국왕 폐하의 허락을 요청하셨습니다. 또한 통과할

때 우리측의 치안과 그쪽의 행동 규율에 관해서도 여기에 적혀 있습니다. (서류를 바친다)

**왕**  잘되었소. 이 서한은 나중에 천천히 검토해 보겠소. 그런 다음 회신을 보내도록 하겠소. 자, 경들은 실로 훌륭한 일을 했으니 이제 물러가서 휴식을 취하시오. 오늘 저녁에는 주연을 베풀어야겠군. 무사히 돌아온 것을 진심으로 환영한다. (볼티먼드와 코닐리어스 퇴장)

**폴로니어스**  국왕 폐하, 그리고 왕비마마, 도대체 왕권이란 무엇이며 신하의 본분은 무엇인지, 어째서 낮은 낮이며 밤은 밤인지, 시간은 왜 있는 것인지 따지는 것은 낮과 밤과 시간의 낭비일 뿐입니다. 다시 말해 간결한 건 지혜의 핵심이요, 외관상의 장황함은 포장일 뿐입니다. 따라서 소신도 간단히 말씀드리겠습니다. 왕자님은 정신이상입니다. 정신이상이라고 제가 말씀드린 까닭은 정신이상자를 규정하는 데 다른 적당한 용어가 없기 때문입니다! 그리고······.

**왕비**  말재주는 그만 부리고 요점만 말하시오.

**폴로니어스**  왕비마마, 소신 감히 뉘 앞에서 말재주를 부리겠습니까? 왕자님께서 정신이상이 된 것만은 사실입니다. 실로 매우 유감스러운 것은 그것이 사실이라는 점입니다. 어리석은 말솜씨는 이쯤해서 그만두겠습니다. 절대로 말재주를 부리는 게 아닙니다. 왕자님이 머리가 이상해졌다는 것은 분명합

니다. 이제 우리가 할 일은 그렇게 된 것은 반드시 어떤 이
유가 있다는 것입니다. 세상에 원인 없는 결과는 없기 때문
이지요. 여기서 문제는 바로 이것이옵니다. 소신에게는 딸이
하나 있습니다. 그 딸애가 효심이 지극하여 제게 이것을 건
네주었습니다. 들으시고 마마께서는 판단을 내리시지요. (읽
는다)

천사와 같은 내 영혼의 우상, 가장 어여쁜 오필리아에게

매우 점잖지 못한 말투로 왕자님다운 화법은 아니지요. '어
여쁜'이란 말은 더욱 그렇습니다. 하지만 다음 구절을 들으시
지요. 이렇습니다.

그대의 순결한 가슴속에 이 편지를, 운운……

**왕비** 햄릿이 오필리아에게 보냈다는 거요?
**폴로니어스** 왕비마마, 잠시만 기다려 주십시오. 제가 하나도 숨
김없이 읽어 드리겠습니다. (읽는다)

밤하늘에 별들이 반짝이는 걸 의심할지라도, 저 하늘에 태
양이 움직이는 걸 의심할지라도, 설령 진실을 거짓이라 의심

할지라도, 내 사랑만은 의심하지 마시오. 사랑하는 오필리
아! 나는 시를 잘 쓰지 못한다오. 따라서 어떤 말로 이 뜨
거운 가슴을 표현할 수 있겠소. 하지만 세상 어느 누구보다
도 그대를 사랑한다는 걸 믿어 주시오. 이 생명 다할 때까
지 목숨처럼 사랑하는 그대여!

그대의 영원한 종 햄릿으로부터

효성이 지극한 소신의 딸애가 보여준 편지입니다. 뿐만 아
니라 햄릿 왕자님이 언제 어디서 어떻게 사랑을 속삭였는지
모조리 다 저에게 실토했습니다.

**왕**  그런데 딸애는 햄릿의 사랑을 어떻게 받아들였는가?

**폴로니어스**  소신을 어떻게 보고 그런 말을 하십니까?

**왕**  충성스러운 신하인데다 존경할 만한 인물로 보지.

**폴로니어스**  저 또한 그렇게 되기를 바랍니다. 폐하가 소신을 어
떻게 생각하실지 몰라도 소신은 딸애가 실토하기 전부터 이
미 이 모든 사실을 알고 있었습니다. 만일 소신이 왕자님의
사랑을 강 건너 불 보듯 방관했다면 폐하께서는 소신을 어
떻게 생각하셨겠습니까? 마치 서랍에 넣어둔 물건을 까마득
히 잊거나 봉사라도 된 것처럼 마음의 눈을 감아 버리는 행
동 말입니다. 그런데 전 그러지 않았습니다. 즉시 딸을 불러
타일렀습니다. '햄릿 왕자님은 너와 신분이 다르다'고 말이죠.

그러고 나서 앞으로는 왕자님이 다니시는 장소에는 얼씬도
하지 말고, 심부름 온 사람도 들이지 말고, 선물을 주시더라
도 절대로 받지 말고 거절하라고 일러두었습니다. 딸애는 제
말을 받아들여 그대로 실행에 옮겼고요. 다시 말해 햄릿 왕
자님께서 사랑의 고배를 마신 셈이 된 것입니다. 그래서 왕
자님께서는 비탄에 빠져 식음을 전폐하시고 불면증에 심신
이 허약해지시고 허탈해 하시다가 결국 정신착란에 빠지게
된 것입니다. 소신과 소신의 딸애는 그저 송구스러울 따름입
니다.

**왕**　왕비는 어떻게 생각하오?

**왕비**　듣고 보니 그럴 법도 하네요.

**폴로니어스**　소신이 단정 지은 일치고 어긋났던 적이 단 한 번이
라도 있었습니까?

**왕**　그런 일은 없었지.

**폴로니어스**　(자기 머리와 어깨를 가리키며) 만일 소신의 말에 조금
이라도 어긋나는 게 있다면, 이것과 이것을 떼어 버리십시
오. 단서만 잡힌다면 이 사건의 진상이 지구 한가운데 숨겨
져 있더라도 반드시 알아내고야 말겠습니다.

**왕**　그걸 어떻게 알아낸단 말인가?

**폴로니어스**　아시다시피 왕자님께선 가끔씩 복도를 오랫동안 거
닐 때가 있습지요.

**왕비**　그래요, 그럴 때가 있지요.

**폴로니어스**　그때 왕자님 눈앞에 소신의 딸애가 거닐도록 하겠습니다. 그리고 폐하와 소신은 커튼 뒤에 숨어서 둘이 만나는 것을 지켜보는 겁니다. 만일 왕자님께서 소신의 딸애를 사랑하지 않는다면, 다시 말해 상사병에 의한 발작이 아니라면, 소신에게서 이 모든 직책을 거두어 주십시오. 저는 시골로 내려가 농사나 지으며 살겠습니다.

**왕**　그렇게 하는 것도 좋을 것 같군.


### 햄릿, 책을 읽으며 등장


**왕비**　오, 불쌍한 햄릿! 시름에 잠긴 표정으로 책을 읽으면서 오고 있네요.

**폴로니어스**　자, 모두들 저쪽으로 비켜 주세요. 제가 직접 만나 보겠습니다. (왕과 왕비, 그리고 시종들 퇴장) 아, 왕자님, 기분이 어떠십니까?

**햄릿**　덕분에 잘 있네.

**폴로니어스**　왕자님, 소신이 누군지 알겠습니까?

**햄릿**　물론이지, 생선 장수 아닌가.

**폴로니어스**　무슨 가당치 않은 말씀입니까?

**햄릿**　자네가 그만큼이라도 정직한 사람이라면 얼마나 좋겠나.

**폴로니어스**　정직한 사람이라뇨?

**햄릿**　하긴 요즘 세상에 정직한 사람이 만 명 중에 하나라도 있으면 다행이지.

**폴로니어스**　옳으신 말씀입니다.

**햄릿**　만일 죽은 개의 살덩어리에 햇볕이 내리쬐어 구더기가 끓는다면, 햇볕이 썩은 고깃덩이에 키스하는 게 아니고 뭐겠는가. 그런데 자네한테 딸자식이 있던가?

**폴로니어스**　네, 있습니다.

**햄릿**　햇볕을 쬐며 거닐지 못하도록 하게. 머릿속에 지혜가 늘어나는 건 좋은 일이지만 뱃속에 뭐가 들어가 불러오면 큰일이니까, 조심하게.

**폴로니어스**　(방백) 이것 봐, 여전히 내 딸 타령을 하지 않나. 하지만 나를 생선 장수라고 하는 것을 보면, 완전히 머리가 돈 게 분명한데, 돌아도 보통 돈 게 아니야. 하기야 나도 젊었을 땐 상사병으로 고생깨나 했지. 왕자님과 다를 바가 없었는걸. 능청을 더 떨어 봐야겠군. 왕자님, 무엇을 읽고 계십니까?

**햄릿**　말, 말, 말들일세.

**폴로니어스**　왕자님, 어떤 문제에 관한 말들입니까?

**햄릿**　누구와 누구 사이냐고?

**폴로니어스**　그게 아니라 왕자님께서 읽고 있는 책 내용이요?

**햄릿**　험담이지. 어떤 재담가가 이렇게 쓰고 있군. 늙은이들은 머리가 희끗희끗하고 얼굴이 주름투성이에다 눈에는 누리끼리한 송진 같은 눈곱이 끼고 노망이 들어 정신이 오락가락하고 무릎을 떤다는 거야. 나도 이 점에 대해서는 동감이지만 이렇게까지 적을 필요는 없잖아, 안 그래? 자네도 나처럼 젊어질 수가 있어. 게처럼 자네가 뒷걸음질 칠 수만 있다면 말일세. (책을 다시 읽는다)

**폴로니어스**　(방백) 돌긴 했어도 일리 있는 말인걸. (햄릿에게) 왕자님, 안으로 드시지요.

**햄릿**　무덤 안으로?

**폴로니어스**　(방백) 하긴 무덤도 방은 방이지. 때로는 미치광이가 기가 막힐 정도로 의미심장한 말을 할 경우도 있단 말야. 분별 있고 제정신을 가진 사람으로서는 엄두도 못 내는 말을 해대니 말야. 자, 이쯤 해두고 딸년이나 만나게 할 방법을 짜내 보자. (햄릿에게) 왕자님, 황송하오나 소신은 이만 물러가겠습니다.

**햄릿**　물러간다는데야 내가 뭐라고 하겠나! 내가 허락할 것이라곤 그것뿐이구먼. 이 목숨을 빼놓으면 말야.

**폴로니어스**　왕자님, 안녕히 계십시오. (절을 한다)

**햄릿**　귀찮고 따분한 늙은이 같으니라고. (책을 읽는다)

로즈크랜츠와 길든스턴 등장

**폴로니어스**　왕자님을 찾고 있나? 저기 계시네.

**로즈크랜츠**　고맙습니다, 나리. (폴로니어스 퇴장)

**길든스턴**　왕자님!

**로즈크랜츠**　왕자님!

**햄릿**　오, 친구들! 어서 오게나! 재미 좋은가, 길든스턴, 로즈크랜츠! 둘 다 어떻게들 지내고 있나?

**로즈크랜츠**　그럭저럭 잘 지내고 있습니다.

**길든스턴**　지나치게 잘 지내는 것이 행복이라면 행복이겠지요. 그렇다고 행운의 여신의 모자 깃을 잡은 것은 아니고요.

**햄릿**　행운의 여신의 발바닥에 있는 것도 아니지 않나? (책을 덮는다)

**로즈크랜츠**　왕자님, 사실 어느 쪽도 아닙니다.

**햄릿**　그럼 중간쯤에 걸쳐 있다는 뜻이군. 혹시 여신의 가장 소중한 곳인 가운데쯤인가?

**길든스턴**　실은 여신의 은밀한 곳이라고 할 수 있죠.

**햄릿**　여신의 은밀한 곳이란 말이지? 아, 정말이지 여신은 화냥년이야. 그런데 무슨 새로운 소식이라도 있나?

**로즈크랜츠**　세상이 점점 더 부패해진다는 것을 제외하고는 별다른 게 없습니다.

**햄릿**　말세가 가까워져서 그렇네. 그런데 자네 말은 거짓말이야. 내 한마디 묻겠네. 도대체 자네들은 무슨 죄가 있어서 행운의 여신이 이 같은 감옥으로 보냈단 말인가?

**길든스턴**　왕자님, 감옥이라뇨?

**햄릿**　덴마크는 감옥이야.

**로즌크랜츠**　그렇다면 이 세상도 감옥이겠군요.

**햄릿**　훌륭한 감옥이지. 독방도 있고, 감방도 있고, 지하 감방도 있지만 그중에서도 덴마크가 가장 지독한 감옥이지.

**로즌크랜츠** 저희들은 그렇게 생각하지 않습니다.

**햄릿**　자네들에게는 그렇지 않은 모양이지? 하긴 좋고 나쁜 것도 생각하기 나름이지. 나에겐 이 나라가 감옥인데 말야.

**로즌크랜츠**　그건 왕자님께서 야망을 품은 까닭이 아닌가요? 왕자님의 야망에 비하면 이 땅은 좁쌀과도 같을 테니까요.

**햄릿**　천만에! 나는 호두 껍데기 속에 갇혀 있더라도 무한한 우주의 왕이라고 자처할 수 있네. 이 고약한 꿈만 꾸지 않는다면 말야.

**길든스턴**　그 꿈은 바로 왕자님의 야망 때문이 아니겠습니까? 야망의 본질은 결국 꿈의 그림자일 테니까요.

**햄릿**　아니, 꿈이 바로 그림자야.

**로즌크랜츠**　그렇습니다. 야망은 허망한 거죠. 그리고 그림자의 그림자에 지나지 않을 뿐이고요.

**햄릿** 어, 그렇다면 거지가 진짜배기겠군. 왕과 영웅들은 거지의 그림자이고. 어쨌든 이런 토론은 그만두고 어전에나 가볼까. 내 머리로는 이치를 깨우치지 못해.

**로즌크랜츠·길든스턴** 저희들이 모시겠습니다.

**햄릿** 아냐, 괜찮네. 자네들을 시종처럼 부리고 싶지는 않아. 솔직히 말해서 시종들한테 진력이 났거든. 아, 절친한 친구로서 한 가지만 묻겠네. 도대체 무엇 때문에 이곳까지 왔는가?

**로즌크랜츠** 왕자님을 뵈러 왔습니다. 다른 이유는 없습니다.

**햄릿** 내 신세가 이러니 감사할 마음조차 바닥이 났다네. 그러나 고맙다는 말은 할 수 있네. 하긴 내 고마움이 반 페니의 가치가 있는지 모르겠네. 자네들, 혹시 소환되어 온 건 아닌가? 자발적으로 온 거냐고? 마음이 내켜서 온 건가? 자, 솔직히 말해 보게, 어서.

**길든스턴** 왕자님, 뭐라고 말씀드려야 할까요?

**햄릿** 뭐든지 사실대로만 말하게. 자네들 얼굴에 소환당했다고 씌어 있는걸. 능청을 떨기에는 아직 미숙해. 왕과 왕비께서 자네들을 불러들인 게 분명해.

**로즌크랜츠** 무슨 일로 말입니까, 왕자님?

**햄릿** 내가 묻고 싶은 게 바로 그거야. 제발 말해 주게. 우린 사이 좋게 자라온 친구가 아닌가. 변치 않는 우정을 맹세한 사이가 아닌가 말야. 입심만 좋다면 더욱 감동적이고 값진 말로 자네들을 추궁할 수 있으련만. 숨김없이 터놓고 내게 말해 주게. 불러서 왔는지 아니면 스스로 왔는지 말야.

**로즌크랜츠** (길든스턴과 슬그머니 상의한다) 어떡해야 하지?

**햄릿** (방백) 누가 속을 것 같나. 내가 시퍼렇게 눈 뜨고 보는걸. 나를 진정 아낀다면 제발 숨기지 말게나.

**길든스턴** 왕자님, 실은 부름을 받고 왔습니다.

**햄릿** 내가 말해야겠군. 그래야 자네들이 비밀을 누설하지 않아도 되고, 두 분 폐하의 신임에 손상을 입히지 않아도 될 테니까. 요즘 나는 어떤 일을 해도 기쁘지가 않아. 평소에 해 오던 모든 오락에서도 손을 떼고 말았어. 그저 마음이 울적하다네. 그래서 그런지 아름다운 이 땅도 황량한 갑(岬)처럼 느껴진다네. 하늘을 보게. 저렇게 우리의 위를 덮은 웅장한 하늘도, 찬란한 별들이 빛나는 하늘도 내게는 독기 서린 공간처럼만 보인다네. 게다가 이 우주의 기묘한 걸작품인 인간도 그래. 숭고한 이성과 무한한 가능성과, 천사 같은 이해심과 빼어난 생김새며 행동이 얼마나 신처럼 뛰어난가! 인간은 세상을 빛내는 아름다움이며 짐승들의 귀감이지. 그런데 내게는 모두 흙덩이에 불과한 것처럼 보이네. 인간이 하찮아졌어. 여자들도 물론 마찬가질세. 웃는 걸 보니 자네들 생각은 그렇지 않나 보군.

**로즌크랜츠** 왕자님, 절대로 그런 게 아닙니다.

**햄릿** 그럼 왜 웃었나. 인간의 꼴이 하찮다고 했을 때 웃었잖나.

**로즌크랜츠** 인간이 하찮다면 문득 배우들이 대우받기는 틀렸구나 싶어서 웃었습니다. 오는 길에 배우 일행을 만났는데, 왕자님께 연극을 보여 드리려고 이곳으로 온다 했습니다.

**햄릿** 물론 대환영이지. 왕의 역을 맡는 자라면 더욱 환영이고. 기사 역들에게는 창과 방패를 실컷 휘두르게 하고, 연인들은 공연히 한숨 짓지 않도록 하고 까다로운 배우들도 조용히 역할을 끝내게 하겠네. 광대 역은 웃기 좋아하는 사람들로 하여금 마음껏 웃음보를 터뜨리게 하고 숙녀 역은 수다를 떨도록 내버려 두어야지. 안 그러면 대사가 엉망이 될 테니까. 자, 어떤 배우들이라고 하던가?

**로즌크랜츠** 왕자님께서 늘 아끼시던 도시의 비극 배우들입니다.

**햄릿** 어째서 그들이 방랑을 한단 말인가? 한 곳에 머물며 공연할 때 평판과 수입이 더 나았을 터인데.

**로즌크랜츠** 그들이 도시에서 공연을 못하게 된 것은 최초의 정치 소요 때문인 듯합니다.

**햄릿** 그들에 대한 평판은 내가 도시에 있을 때와 같은가? 여전히 인기가 높아?

**로즌크랜츠** 예전만 같지 못합니다.

**햄릿** 어째서? 연기가 녹슬었나?

**로즌크랜츠** 아뇨, 전처럼 부단히들 애쓰고 있습니다. 하지만 요즘엔 어린 배우들이 나와서 꽥꽥 소리를 질러 대야만 박수 갈채를 받거든요. 그게 유행이죠. 이제 예전 연극들은 통속극이라 해서 배척을 당하는 시대가 되었지요. 점잖은 신사들도 비평가들의 악담이 두려워 극장 근처엔 얼씬도 하지 않는답니다.

**햄릿** 뭐라고? 어린 배우들? 그래, 누가 운영하고 재정 후원을 하지? 그렇다면 배우들은 변성기가 오기 전까지만 배우 노릇을 할 수 있단 말인가? 언젠가는 그 아이들도 나이 먹을 게 아닌가. 그때가 되면 지금 작가들을 원망하지 않을까? 자기들의 장래를 망쳐 놨다고 말야.

**로즌크랜츠** 아닌 게 아니라 양쪽은 지독히 싸우고 있답니다. 세상 사람들은 좋아라 하며 부채질하고요. 한때는 작가와 배우의 싸움을 소재로 다루지 않은 연극은 상연되지도 않을 정도였답니다.

**햄릿** 그게 정말인가?

**길든스턴** 저들 사이에 다툼이 대단했지요.

**햄릿** 어린애들 쪽이 이겼는가?

**로즌크랜츠** 그야 물론이죠. 헤라클레스와 봇짐까지 차지했죠.

**햄릿** 하기야 이상할 것도 없지. 부왕 생존시에는 숙부의 험담을 늘어놓던 자들이 이젠 서로 숙부의 초상화를 못 사가서 난리이니 말일세. 어쨌든 이 부조리를 철학자인들 설명할 수

있겠는가. (나팔 소리 들린다)

**길든스턴**　배우들이 도착했나 봅니다.

**햄릿**　여보게들, 정말 잘들 왔네. 자, 우리 서로 악수를 나누세. 사람을 환영하는 데는 이것이 최상의 예의요, 격식 아닌가. 자네들에겐 이런 식으로 예의를 갖추겠네. 겉으로는 공평하게 보이도록 하겠지만 자칫 내가 자네들보다 배우들을 더 반기는 것처럼 여겨질지 모르거든. 자네들, 정말 환영하네. 하지만 숙부이자 아버지인 왕과 숙모이자 어머니인 왕비는 속은 거야.

**길든스턴**　어떻게요?

**햄릿**　나는 살짝 정신을 놓았을 뿐, 남풍이 불면 매발톱과 톱을 분간할 수 있다네.


### 폴로니어스 등장


**폴로니어스**　어, 잘들 오셨소!

**햄릿**　(방백) 길든스턴, 자네 귀 좀 빌리게. 저 늙은 갓난아기는 아직도 기저귀 신세를 면치 못하고 있다네.

**로즌크랜츠**　(방백) 그럼 두 번째 기저귀를 찬 모양이군요. 노인은 애들보다 두 배로 어리다고 하잖아요.

**햄릿**  (방백) 어디 맞춰 볼까. 배우들 얘길 하러 왔겠지. 두고 보게나. (큰 소리로) 자네 말이 맞았어. 바로 월요일 아침이었네.

**폴로니어스**  알려 드릴 말씀이 있습니다.

**햄릿**  알려 드릴 말씀이 있습니다. 로스키우스가 로마의 배우였을 때…….

**폴로니어스**  배우들이 도착했습니다.

**햄릿**  듣기 싫다!

**폴로니어스**  제 명예를 걸고…….

**햄릿**  배우들이 각자 나귀를 타고 왔으렷다…….

**폴로니어스**  지금 온 것은 최고의 명배우들입니다. 비극, 희극, 역사극, 목가극은 물론이고 목가적 희극, 역사적 목가극, 비극적 목가극, 완벽한 고전극, 로맨스극 등 무엇이든 척척 해낸답니다. 세네카의 비극도 부담스럽지 않게, 플로티스의 희극도 경망스럽지 않게 잘 연기해 내는 명배우들입니다.

**햄릿**  이스라엘의 재판관인 입다(자기 딸을 제물로 바친 히브리의 재판관에 관한 시 제목)여, 그대는 얼마나 훌륭한 보물을 갖고 있는가!

**폴로니어스**  보물을 갖고 있다뇨? 어떤 보물 말입니까?

**햄릿**  노래대로지. "오직 하나뿐인 딸을 아버지는 극진히 사랑했네."

**폴로니어스**  (방백) 여전히 내 딸 타령이군.

**햄릿**  입다 영감, 내가 읊은 시가 틀렸소?

**폴로니어스**  입다라고 부르시니 신에게도 극진히 사랑하는 딸이 있긴 있습니다만……

**햄릿**  다음 구절은 그게 아냐.

**폴로니어스**  그럼 어떻게 이어집니까?

**햄릿**  노래의 다음 소절은 이렇지. "어떤 인연인지 알 순 없지만 이 세상 운명처럼 되어 갔네." 더 알고 싶으면 성가곡의 첫 줄을 읽어 보시오. 자, 배우들이 때맞춰 밀어닥치는구먼.

### 배우들 등장

**햄릿**  어서들 오게. 정말 잘들 왔네. 아, 자네도 왔구먼. 자넨 수염까지 길렀군. 덴마크에 자랑하러 왔나? 아가씨도 오셨군. 아가씨께선 지난번보다 구두 뒤축만큼 하늘에 가까워졌는 걸. 목소리가 갈라져서 쓸모 없는 금화처럼 되지 않도록 기도하게나. 여보게들, 프랑스의 매사냥꾼들처럼 당장 들어 보고 싶네. 대사 한 장면만, 비장의 무기를 나에게 보여 봐.

**배우 1**  어떤 장면으로 할까요, 왕자님?

**햄릿**  언젠가 한번 들려준 일이 있지 않은가? 너무 고상해서 상연되지 않았을 거야. 공연되었더라도 한 번 이상은 아니었겠지. 내가 보기엔 아주 훌륭한 작품인데 말이지. 구성도 훌륭하고 기교도 절제되어 쓸데없이 멋을 부리지도 않으면서 우아하다는 평을 들었지. 그 작품 가운데 한 구절을 난 특히 좋아했다네. 아에네아스가 디도와 이야기를 나누는 대목 말야. 특히 트로이의 왕 프리아모스를 살해하는 장면이 좋았어. 아직도 그 대목을 기억하지. 여기부터 시작해 주게. "히르카니아의 호랑이처럼 영웅 피로스……" 아냐, 피로스부터 시작하던가. "영웅 피로스, 갑옷을 입고 캄캄한 밤에 불길한 목마 속에 숨었도다. 이제 그 검고 무시무시한 모습은 머리끝에서 발끝까지 붉은 피로 물들어 보기에도 처참하구나. 지옥의 등불이 살인마의 만행을 비추고 치솟는 분노의 불길이 타오르는 가운데 살기 등등한 악마 같은 피로스는 트로이의 늙은 왕 프리아모스를 찾아 나섰노라." 자, 다음을 이어 주게.

**폴로니어스**  참으로 잘하십니다. 탁월한 이해력과 훌륭한 발성이십니다.

**배우 1**  "이윽고 발견된 프리아모스, 그리스 군을 물리치고자 보검을 휘둘렀건만 허공만 가를 뿐 칼을 땅에 떨어뜨린다. 어찌 상대가 되리오! 피로스가 늙은 왕을 향해 분노의 칼을 내리치자 왕이 힘없이 쓰러졌도다. 무심한 트로이 성이여, 타오르는 불길 속에 하늘이 무너지듯 땅 위에 허물어져 피로스의 귀청을 때리는구나. 보라! 노쇠한 프리아모스 왕의 머리 위로 내리쳐지던 칼날이 허공에서 꼼짝도 하지 않는다. 그러나 폭풍이 오기 직전 하늘과 대지가 고요함에 휩싸였다가 느닷없이 천둥이 내리치듯 잠시 망설이던 피로스, 사정없이 프리아모스를 찌른다. 외눈박이 거인 키클롭스의 철퇴가 이랬을까. 사라져라, 매춘부 같은 운명의 여신이여! 여신의 수레바퀴를 산산조각으로 부숴 지옥의 밑바닥까지 굴러 떨어지도록 해다오."

**폴로니어스**  그건 너무 긴 듯 하옵니다.

**햄릿**  그럼 이발소에 가서 자네 수염을 밀어 버리지 그래. (배우들에게) 계속해 다오. 이 노인은 웃음거리나 음담패설 따위가 아니면 잠들어 버린다네. 자, 이번에는 헤카베(프리아모스의 아내)의 대목을 읊어라.

**배우 1**  "아, 애처롭구나. 휘장으로 얼굴을 감싼 여왕의 모습을 보라."

**햄릿**  '얼굴을 감싼 여왕'이라고?

**폴로니어스**  그건 좋군요. '얼굴을 감싼 여왕'은 마음에 듭니다.

**배우 1**  "맨발로 이리저리 허둥대고 흐르는 눈물은 타오르는 불길도 끌 것 같구나. 왕관이 얹혔던 머리엔 초라한 보자기 한 조각, 숱한 아이를 낳느라 앙상한 허리엔 황망히 주워 걸친 누더기 한 장, 누군들 오만한 운명의 여신에게 저주의 독설을 퍼붓지 않으리. 피로스의 손에 남편의 사지가 토막나는 광경에 늙은 왕비는 절규한다. 이 광경에 밤하늘에 빛나는 별들도 눈시울을 적시고, 신들이 마음을 뒤흔드누나."

**폴로니어스**  저런, 왕자님 안색이 좋지 않군. 제발, 그만 하게나.

**햄릿**  (배우에게) 훌륭했네. 나머지는 곧 다시 듣기로 하세. 영감, 배우들을 잘 보살펴 주시오. 자고로 배우는 시대의 축소판이자, 연대기야. 죽은 후에 고약한 묘비명을 얻는 것보다는 살아생전에 배우들의 혹평을 듣는 게 더 괴로운 법이니까.

**폴로니어스**  알겠습니다, 왕자님. 그들의 신분에 맞는 접대를 하겠습니다.

**햄릿**  무슨 말씀이오. 더더욱 융숭히 접대해 주오! 신분에 알맞게 접대를 한다면 부랑자 다루듯 매질을 하겠다는 거요? 경의 명예와 위엄에 어울리게 대접을 해 주라는 거요. 그들의 가치가 적을수록 경의 환대가 더욱 빛나지 않겠소. 안내를 해 주시오.

**폴로니어스**  자, 이쪽으로 와요.

**햄릿**  따라가게, 친구들. 내일 공연을 하게 될 걸세. (첫 번째 배우를 붙들고) 여보게 부탁이 있네. (폴로니어스와 다른 배우들 퇴장) 〈곤자고의 살인〉을 공연할 수 있겠나?

**배우 1**  네, 물론입니다.

**햄릿**  내일 밤 그걸 공연해 주게. 필요한 경우 내가 직접 쓴 대사

열대여섯 줄을 끼워 넣고 싶은데, 해줄 수 있겠지?

**배우 1**  그럼요.

**햄릿**  좋아. 그럼 저 사람을 따라가게. 그를 놀려대면 안돼. (배우 퇴장, 로즌크랜츠와 길든스턴에게) 친구들, 오늘 밤에 다시 만나세. 엘시노에 참 잘 왔네.

**로즌크랜츠, 길든스턴**  안녕히 계세요. (로즌크랜츠와 길든스턴 퇴장)

**햄릿**  잘들 가게. 아, 이제야 나 혼자 남았구나. 난 어쩌면 이렇게 못났을까! 저 배우는 한낱 꾸며낸 얘기에 몰입해 갖은 감정을 표출해 내는데 난 내 감정 하나 다스리지 못하다니. 그는 존재하지도 않는 헤카베 때문에 창백한 얼굴로 눈물짓지 않았는가! 그에게 헤카베가 뭐길래? 헤카베에게 그가 어떤 존재길래 운단 말인가? 만약 나만큼 고민해야 할 이유가 있다면 저들은 어떻게 표현할까? 무대를 눈물로 흠뻑 적셨겠지. 무시무시한 대사로 관객들의 고막을 찢었을 거고, 죄 지은 자는 미치게 하고, 죄 없는 자는 두렵게 하며, 무지한 자는 당혹케 했겠지. 관객들은 넋을 잃고 눈과 귀가 먹지 않았겠는가! 그러나 이 미련한 인간인 나는 그저 몽유병자처럼 서성대며, 해야 할 말은 한마디도 못하고 세월만 보내고 있지 않은가? 아, 선왕께서는 왕권과 소중한 목숨을 사악한 자에게 무참히 빼앗기지 않았느냐. 나는 겁쟁이인가? 나를 악당이라 부르고 내 수염을 뽑아 내 낯짝에 집어던질 자가 누구냐? 내 얼굴에 대고 허풍선이라고 외쳐다오. 누가 이 일을 해줄 수 있을까? 제기랄. 아, 나는 욕을 먹어도 싸구나. 비둘기처럼 용기라곤 약에 쓸려 해도 없으니까. 내게 눈곱만큼의 배알이라도 있었으면 저 비열한 악당을 독수리 밥으로 만들었을 텐데. 이 추잡한 악당! 잔학무도한 난봉꾼! 아아, 이 못난 인간! 나란 놈은 대단해. 사랑하는 아버지가 참살당해 복수를 하라는 독촉을 받고도, 창부처럼 입으로만 나불대며 저주를 퍼부어 대고 있으니. 아냐, 가만, 어디 생각을 가다듬어 보자. 맞아, 죄인들이 연극을 보다가 깊이 감동되어 자신의 죄과를 자백한 일도 있다지 않은가. 살인죄는 비록 입은 없어도 행동으로 실토한다지 않는가? 저 배우들로 하여금 아버지의 살해 장면을 숙부 앞에서 재현해 보는 거야. 그때 안색을 살펴 급소를 찔러 보자. 움찔할 때는 망설일 필요가 뭐 있겠어. 하지만 그렇지 않다면 그 유령은 악마인 게야. 악마는 어떤 차림을 하고서도 사람 앞에 나타날 수 있는 법이지. 어쩌면 우울해진 틈을 타서 나를 지옥으로 떨어뜨리려는 악마일지도 모르지. 그러니까 유령보다 더 확실한 증거가 필요해. 연극이야말로 가장 좋은 방법이군! 이 연극을 통해 왕의 본심을 알아내야겠어. (퇴장)

제 3 막

William Shakespeare

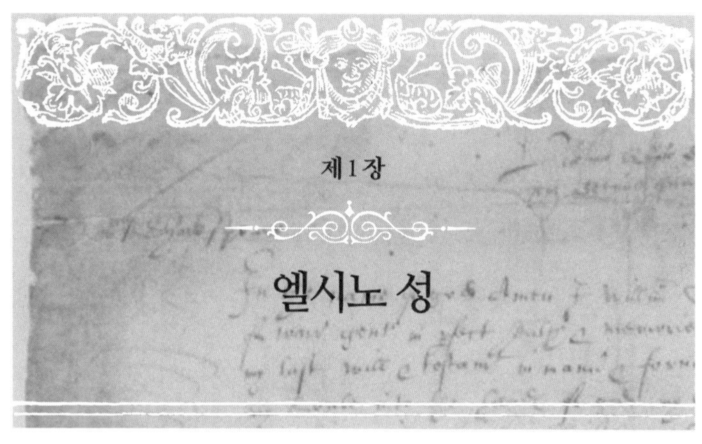

제1장

# 엘시노 성

왕과 왕비 등장하고, 이어 폴로니어스, 로즌크랜츠, 길든
스턴, 오필리아 등장

**왕**　여러 방법을 써도 이유를 알아낼 수 없다는 건가? 왜 미친
척하면서 평온한 날들에 소란을 피우는지 단서도 못 잡았단
말이오?

**로즌크랜츠**　스스로 정신착란을 시인하면서도 그 원인에 대해서

는 함구하고 계십니다.

**길든스턴** 게다가 캐묻는 것을 싫어하십니다. 저희들이 유도해 보았지만 미친 척하시고 교묘하게 빠져나가십니다.

**왕비** 그대들을 어떻게 맞으시던가?

**로즌크랜츠** 정중하게 맞아 주셨습니다.

**길든스턴** 그러나 내키지 않는데 억지로 기분을 내는 듯하셨습니다.

**로즌크랜츠** 스스로 말문을 열지는 않으셨지만 묻는 말에는 흔쾌히 대답해 주셨습니다.

**왕비** 오락거리엔 흥미를 보이던가?

**로즌크랜츠** 오는 길에 배우 일행과 만나게 되었기에, 그 일을 말씀드렸더니 무척 기뻐하셨습니다. 배우 일행은 궁전에 와 있습니다. 아마 그들은 오늘 밤 공연하라는 왕자님의 명령을 받았을 것입니다.

**폴로니어스** 그렇습니다. 왕자님께서는 국왕 폐하와 왕비 마마께서 꼭 이 공연을 구경해 주십사 하며 소신에게 분부하셨습니다.

**왕** 기꺼이 구경하겠다. 연극에 관심이 있다니, 듣던 중 반가운 일이구나. 그대들은 앞으로 이런 일에 흥미를 가지도록 계속 권유해 보라.

**로즌크랜츠** 네, 알겠습니다. (로즌크랜츠와 길든스턴 퇴장)

**왕**  여보, 당신도 이만 물러가시오. 실은 햄릿을 이리로 은밀히 불렀소. 이곳에서 오필리아와 우연히 만나도록 일을 꾸몄다오. 나는 폴로니어스와 함께 몸을 숨기고 살펴볼 참이오. 자유로이 만나는 두 사람을 지켜보며 햄릿의 고민이 상사병 때문인지 아닌지를 판단해 보아야겠소.

**왕비**  분부대로 하겠습니다. 그런데 오필리아, 햄릿이 네 아름다움 때문에 미쳤다면 얼마나 다행이겠느냐? 그렇다면 네 상냥한 마음씨로 햄릿을 정상으로 돌려놓을 수 있을 텐데…….

**오필리아**  왕비마마, 저도 그렇게 되기를 간절히 바랍니다. (왕비 퇴장)

**폴로니어스**  오필리아, 여기서 거닐며 이 기도서를 읽고 있거라. 폐하, 자리를 피하소서. 오필리아, 신앙심 깊은 표정을 지어야 돼. 악마의 본성을 사탕발림으로 감추는 일이어서 찔리지만 세상에 흔히 있는 일이니라.

**왕**  (방백) 저 한 마디가 내 양심을 찌르는구나. 분칠한 창부의 얼굴이라 한들 내 행실보다는 추악하지 않으리라. 오, 죄악의 무거운 짐이여!

**폴로니어스**  이리로 오시는가 봅니다. 폐하께서도 숨으시지요. (왕과 폴로니어스 퇴장)

**햄릿**  사느냐 죽느냐, 이것이 문제로다. 가혹한 운명의 화살을 맞고도 죽은 듯 참아야 하는가. 아니면 성난 파도처럼 밀려드는 재앙과 싸워 물리쳐야 하는가. 죽는 건 그저 잠자는 것일 뿐, 잠들면 마음의 고통과 육신에 따라붙는 무수한 고통은 사라지지. 죽음이야말로 우리가 간절히 바라는 결말이 아닌가. 그러면 또 꿈도 꾸겠지. 아, 그게 문제로다. 이 세상의 고민에서 벗어나 죽음 속에 잠든 때에 어떤 악몽이 나타날지 생각하면 망설이지 않을 수가 없지. 그래서 결국 괴로운 인생을 그대로 이끌고 가는가. 그렇지 않으면 누가 이 세상의 채찍과 모욕을 참겠는가. 폭군의 횡포와 권력자의 오만함, 좌절한 사랑의 고통과 오만방자한 관리들, 소인배가 덕망 있는 사람을 모욕하는 이 비극을 누가 참겠는가. 그저 칼 한 자루면 이 모든 것을 깨끗하게 끝장낼 수 있는데. 그 미지의 세계에 대한 불안 때문에 우리는 이 세상에 남아 현재의 고통을 참고 견디는구나. 결국 분별심은 우리를 겁쟁이로 만드는구나. 가만, 아름다운 오필리아! 기도하는 미녀여, 나의 죄를 위해서도 빌어 주시오.

**오필리아**  햄릿 왕자님, 그동안 어떻게 지내셨습니까?

**햄릿**  덕분에 아주 잘 지내고 있소.

**오필리아**  왕자님, 저에게 보내주신 많은 선물들을 오래전부터 돌려드리려고 했습니다. 노여워하지 마시고 부디 받아 주세요.

**햄릿**  아니오. 아무것도 선물한 일이 없으니 받을 수가 없소.

**오필리아**  잘 아시면서 농담하시는 거지요? 선물에다 달콤한 말씀까지 덧붙여 보내주셨잖아요. 하지만 아무리 훌륭한 선물도 보낸 이의 마음이 식으면 볼품이 없어질 뿐이랍니다. 왕자님, 여기 있습니다.

**햄릿**  하하! 당신은 정숙한 여자요? 아니 당신은 아름답소?

**오필리아**  왕자님, 그게 무슨 말씀이신지?

**햄릿**  만약 당신이 정숙하고 아름답다면, 그 둘 사이가 서로 친하지 않도록 조심하시오.

**오필리아**  정숙함과 아름다움만큼 잘 어울리는 게 어디 있습니까?

**햄릿**  천만의 말씀! 아름다움이 정숙한 여인을 타락시키는 것은 정숙함의 능력으로 아름다움을 숭고하게 이끄는 것보다 쉬운 법이오. 한때는 궤변처럼 들렸겠으나 요즘 같은 세상엔 더욱 그렇소. 나도 한때는 당신을 사랑했었지.

**오필리아**  왕자님, 저도 그렇게 믿고 있었습니다.

**햄릿**  믿지 말았어야 좋았을 것을. 아무리 이덕을 인간 본성에 접붙인다 해도 본성은 사라지지 않는 법이오. 나는 당신을 사랑하지 않았소.

**오필리아**  그렇다면 제가 속은 거로군요.

**햄릿**  더 이상 죄 짓지 말고 수녀원에나 가시오. 나 역시 지금으로선 깨끗한 편이지만 차라리 어머니께서 나를 낳지 말았으면 좋았을걸 할 정도로 많은 죄악을 범하고 있소. 거만하고 복수심에 불타서 어떤 죄를 저지를지도 모르고, 하여간 분별력도 모자라고. 나 같은 녀석이 이 세상을 꿈틀거리며 기어다닌들 도대체 무슨 일을 할 수 있겠소? 우린 모두 악당들이니 믿어선 안 되오. 당신은 수녀원에나 들어가시오. 그나저나 아버지는 어디 계시오?

**오필리아** 집에 계십니다.

**햄릿** 그럼 바깥 세상에 나와 미친 수작을 하지 못하도록 집에 가둬 두시오. 잘 있어요, 오필리아.

**오필리아** 오, 하느님! 저분을 구해 주소서.

**햄릿** 만약 당신이 굳이 결혼한다면 지참금 대신 나의 저주를 보내리다. 비록 눈송이처럼 결백하다 할지라도 이 세상 구설은 피할 수 없는 법이오. 수녀원으로 어서 잘 가시오. 그래도 굳이 결혼해야겠다면 바보하고 하시오. 똑똑한 녀석들은 결혼하고 나면 괴물로 변한다는 걸 잘 알거든. 수녀원으로 빨리 가시오. 잘 가요, 오필리아.

**오필리아** 오, 하느님! 왕자님에게 맑은 정신이 돌아오게 하소서.

**햄릿** 난 잘 알고 있다. 너희 여자들은 덕지덕지 분을 처발라 하느님께서 주신 낯짝을 영 딴판으로 만들어 버린단 말야. 춤추며 날뛰고, 요염하게 걸으며, 알랑대고 신의 창조물에 별명이나 붙이고. 또 순진한 탈을 쓰고 음탕한 짓을 하지 않나. 빌어먹을! 더 이상 참을 수가 없군. 그래서 내가 미친 거요. 더 이상 결혼해선 안돼. 이미 결혼한 놈들은 한 쌍만 빼고 도리 없이 살게 해야지. 하지만 미혼인 자들은 그냥 사는 게 좋아. 어서 수녀원으로 가! (퇴장)

**오필리아**　아, 그토록 고상하던 분이 저렇게 실성하다니! 귀인의 눈매, 군인다운 기량, 학자다운 언변은 이 나라의 꽃이고 풍속의 거울이었는데, 만인이 우러러보던 분이 완전히 폐인이 되셨구나. 나는 이 세상에서 가장 불행한 여자가 되었어. 왕자님의 달콤한 사랑의 맹세를 빨아들였던 나의 귀가 저 고귀하고 반석같이 굳은 이성의 청아한 종소리가 이젠 금 간 소리로 시끄러운 소음만 내는 걸 들어야 한다니. 활짝 핀 꽃처럼 아름다운 청춘의 용모와 자태도 광란의 독기를 머금고 시들어 버리다니! 아, 어쩌면 좋아! 옛날 그 아름다운 일을 보았던 눈으로 참혹한 현재를 봐야 하다니. 아아, 이 불행이여! (엎드려 흐느낀다)

### 왕과 폴로니어스 등장

**왕**　뭐, 사랑 때문이라고? 그게 아니잖나. 횡설수설 대중이 없긴

하지만 미치광이의 소리는 아냐. 무언가가 마음속 깊은 곳에 도사리고 있기에 저렇게 우울한 거야. 그것이 터져 나오는 날에는 내게 어떤 위험이 닥칠지 몰라. 그걸 미연에 막으려면 선수를 쳐야지. 이럼 어떨까? 햄릿을 영국으로 보내는 거야. 밀린 조공을 재촉한다는 명분으로 말야. 아마 바다를 건너 이국 땅에 가서 색다른 풍물을 구경하다 보면 가슴속에 맺힌 괴로움도 사라지겠지. 밤낮 그 일만 골똘하게 생각하니 이상해지는 게 당연해. 경은 어떻게 생각하오?

**폴로니어스** 좋은 생각이십니다. 그러나 신의 소견으로선 왕자님께서 수심에 빠지게 된 근원과 시초는 실연 때문이 아닌가 사려되옵니다. 그렇지, 오필리아? 햄릿 왕자님 말씀은 말 안 해도 안다. 다 들었느니라. 폐하, 뜻대로 하십시오. 하지만 오늘 밤 연극이 끝난 다음 왕비마마께서 조용히 왕자님을 만나서서 친히 물으시는 것이 어떨는지요? 그렇게 하시면 제가 두 분의 말씀을 엿들어 아뢰겠습니다. 그때도 알아내지 못하시면 영국에 보내시든지 아니면 어디 적당한 장소에 가두어 두시든지 하시지요.

**왕** 그렇게 하지. 높은 지위에 있는 자의 광란은 그대로 방치할 수 없는 일이지. (퇴장)

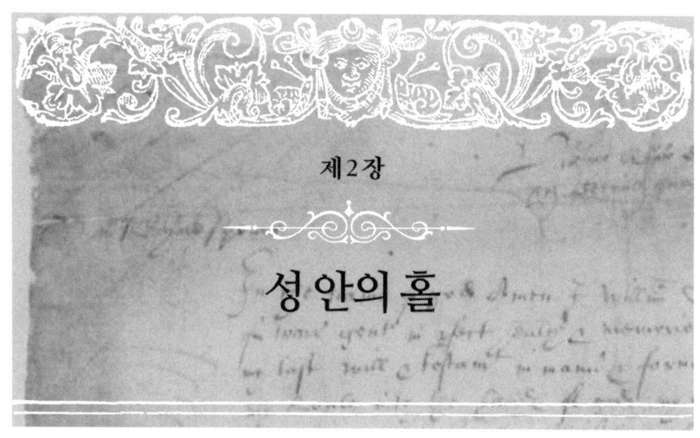

제 2 장

# 성 안의 홀

🦪 홀 양쪽에 객석이 있고, 햄릿과 세 명의 배우가 등장

**햄릿**　내가 해 보인 것처럼 대사는 자연스럽게 해야 하네. 만약
여느 배우들처럼 소리나 고래고래 지르며 수선을 떨 바엔 차
라리 거리의 약장사를 데려다 시키겠다. 그리고 손을 움직일
땐 이렇게 허공을 휘젓지 말고 항상 부드럽게 해야 하네. 감
정이 폭풍처럼 격하게 솟구칠 때에도 자연스럽게 표현할 수

있어야 한단 얘기야. 만일 가발을 쓴 엉터리 배우가 나와서 혼자 격정에 사로잡혀 고함을 지르면 화가 안 날 사람이 없을 거야. 그런 배우들을 보면 난 채찍으로 패주고 싶은 심정이 되지. 그들은 난폭한 회교도 타마칸트나 폭군 헤롯 왕보다 한술 더 뜨는 작자들이야. 제발 그 짓만은 말아 주게.

**배우 1** 그런 일이 없도록 주의하겠습니다.

**햄릿** 그렇다고 너무 점잖게 해서도 안돼. 그러니 각자 자신의 역할을 신중히 생각하여 스스로 연구하라. 연기는 대사에, 대사는 연기에 조화시켜야 되느니라. 특히 명심해 둘 건 자연의 절도를 벗어나지 말아야 해. 무엇이든지 지나치면 연극의 목적은 벗어나는 법, 연극의 목적은 예나 지금이나 말하자면 자연을 거울에 비추어 보이는 일이지. 옳은 건 옳은 대로, 그른 건 그른 대로 고스란히 비추어, 그 시대의 시대상과 양상을 보여주는 것이니까. 만일 지나치거나 부족하면 어설픈 관객을 웃길 수 있을지 모르지만 식견이 있는 관객은 분노마저 느끼게 돼. 수많은 관객이 박수 갈채를 보내도 단 한 사람의 비평보다 가치가 없는 법이지. 내가 아는 배우 가운데 남들이 극구 칭찬하는 자들이 있었어. 하지만 대사는 기독교도의 말씨를 쓰고 몸짓이나 태도는 전혀 아니었지. 이교도, 아니 인간의 걸음걸이가 아니었지. 그 꼴을 보니 창조주가 미숙한 제자들을 시켜 되는 대로 얼치기로 만든 인간처럼 보였지.

**배우 1**　그러한 점에 대해서는 상당히 많이 개선되었습니다.

**햄릿**　완전히 고쳐야 해. 광대들은 특히 제 대사보다 더 떠벌리지 않도록 주의하게. 얼마 안되는 우둔한 관객을 웃기려고 자기가 먼저 웃어 보이는 패들도 있는데 그자들은 웃고 있는 동안에 연극의 중요한 대목을 까먹는 경우도 있어. 참으로 기가 막힌 노릇이지. 배우가 그 따위 짓을 하면 속이 말끄러미 들여다보인다는 거야. 자, 연극을 준비하게. (배우들 퇴장)

**폴로니어스, 로즌크랜츠, 길든스턴 등장**

**햄릿**　어떻게 되었소? 왕께서 이 연극을 보신답니까?

**폴로니어스**　왕비마마께서도 보신답니다. 곧 납실 것입니다. (폴로니어스 퇴장)

**햄릿**　자네들이 배우들에게 서두르라고 이르게.

**로즌크랜츠·길든스턴**　네, 알겠습니다. (로즌크랜츠와 길든스턴 퇴장)

**햄릿**　이보게, 호레이쇼!

**호레이쇼 등장**

**호레이쇼**　왕자님, 부르셨습니까?

**햄릿**　호레이쇼, 어서 오게. 내가 믿을 사람은 오로지 자네뿐이네.

**호레이쇼**　왕자님, 별말씀을.

**햄릿**　내가 무슨 득이 있다고 자네에게 아첨을 떨겠는가. 가진 것 없는 자에겐 아첨할 이유가 없지. 달콤한 말만 하는 헛바닥을 가진 놈에겐 우둔한 세도가나 핥게 하고, 관절이 자유자재로 움직이는 무릎을 가진 놈은 아첨으로 이득이 생기는 데 가서 무릎을 굽실거리라지. 내 말 듣고 있나? 내 스스로의 판단으로 자네를 진정한 벗으로 정했다네. 실상, 허다한 고난을 겪으면서도 자네는 조금도 마음의 동요가 없었어. 운명의 고난과 영광을 똑같이 감사하게 받아들이고 있지. 자네는 감정과 이성이 사이좋게 어우러져 운명의 여신의 손끝에 놀아나서 우둔한 소리를 울려 주는 패거리들하고는 본질부터 다르네. 격정의 노예가 되지 않는 그런 사람이 나에게는 필요하네. 자네가 꼭 그런 친구야. 부질없는 넋두리는 집어치우세. 실은 오늘 밤 어전에서 연극이 공연된다네. 그 가운데 한 장면은 내가 지난번 자네에게 얘기했던 선친의 살해 장면과 아주 비슷해. 그 장면이 시작되면 정신을 바짝 차리고 숙부의 안색을 살펴주게. 만일 숙부의 숨겨진 죄악이 드러나지 않는다면 우리가 보았던 그 유령은 악귀였음이 분명하네. 나의 추리력도 불의 신 헤파이스토스의 대장간처럼 지저분한 것이 되고 말겠지. 알겠나? 나도 눈을 떼지 않고 볼 테니 자네도 주의를 집중하여 봐주게. 그런 다음 서로 의견을 종합하여 판단을 내려보세.

**호레이쇼**　알았습니다. 단 한 순간이라도 제가 한눈을 판다면 그 벌을 달게 받겠습니다. (나팔 소리와 북소리가 안에서 들린다)

**햄릿**　구경하러 오는군. 실성한 척해야지. 자네도 자리를 잡게.

왕과 왕비를 선두로 폴로니어스, 오필리아, 로즌크랜츠, 길든스턴, 그 밖의 궁신들 등장. 호위병들은 횃불을 들고 있다

**왕**　요즘은 어떠냐, 햄릿?

**햄릿**　아주 좋습니다. 카멜레온처럼 거짓 약속으로 꽉 찬 공기만 마시고, 거세된 수탉인들 이렇게 기를 수는 없을 거예요.

**왕**　도무지 무슨 소린지 알 수가 없구나. 아예 동문서답을 하고 있으니.

**햄릿**　하지만 입 밖으로 나왔으니 이젠 제 말도 아니죠. (폴로니어스에게) 나리께선 대학시절에 연극을 하셨다던데, 어떤 역을 했습니까?

**폴로니어스**　브루터스에 의해 신전에서 살해당한 줄리어스 시저 역을 했습니다.

**햄릿**  그토록 어리석은 바보를 죽이다니, 브루터스란 놈도 참으로 잔인한 놈이었군요. 배우들 준비는 어떻게 되었는가?

**로즌크랜츠**  네, 왕자님의 명령만을 기다리고 있습니다.

**왕비**  햄릿, 이리 와서 내 곁에 앉거라.

**햄릿**  아닙니다, 어머니. 여기 저를 더 매혹시키는 이가 있군요.

**폴로니어스**  (왕에게) 오, 저 소리를 들으셨습니까?

**햄릿**  아가씨, 당신 무릎에 누워도 되겠소? (오필리아의 발 밑에 눕는다)

**오필리아**  왕자님, 이러시면 안 됩니다.

**햄릿**  내 말은 그저 고개를 좀 기대자는 얘기요.

**오필리아**  네, 그렇다면 괜찮고요.

**햄릿**  내가 음탕한 생각을 했다고 여겼소?

**오필리아**  전 아무 생각도 안 했어요.

**햄릿**  처녀 허벅지 사이에 눕는다는 건 꿀맛 같은 일이지.

**오필리아**  어째서요?

**햄릿**  깨끗하니까.

**오필리아**  왕자님, 왠지 기분이 좋아 보이는군요.

**햄릿**  누가? 내가?

**오필리아**  네.

**햄릿**  오, 그야 난 타고난 익살꾼이기 때문이지! 어머니를 좀 봐. 아버지가 돌아가신 지 두 시간도 못 되었는데 아주 명랑한 얼굴이시잖아.

**오필리아**   아니에요. 두 달의 갑절이나 되었는걸요.

**햄릿**   벌써 그렇게 되었어? 그럼 검은 상복은 악마에게나 돌려주
고, 수달피 옷이나 입어야겠군. 돌아가신 지 두 달이나 지났
는데도 아직 잊지 못하다니. 위인의 기억은 죽어도 반 년쯤
은 더 계속될 희망이 있군. 하지만 그러려면 교회를 지어야
겠지. 안 그러면 묘비에 '오, 말춤꾼은 잊혀졌노라'고 새겨진,
말춤꾼과 함께 기억에서 사라질 테니까.

### 나팔 소리와 함께 무대가 나타나고 무언극이 시작된다

무언극

왕과 왕비가 아주 정답게 나타나 포옹한다. 왕비는 무릎을
꿇고 왕에게 사랑을 맹세한다. 왕은 왕비를 일으켜 안은 뒤
꽃이 만발한 둑에 드러눕는다. 왕비는 왕이 잠든 것을 보
고 그 자리를 떠난다. 이윽고 한 남자가 나타나 왕관에 키
스한 뒤 잠들어 있는 왕의 귓속에 독약을 부어 넣고 퇴장한
다. 왕비가 돌아와서 왕이 죽은 것을 알고 슬퍼한다. 독살
자가 서너 명의 시종을 데리고 다시 나타나서 왕비와 함께
슬픔을 나누는 척한다. 시체는 밖으로 옮겨진다. 독살자는

예물을 들고 왕비에게 구애한다. 얼마 동안 왕비는 아랑곳하지 않다가 이윽고 그의 사랑을 받아들인다.

**오필리아** 이 연극은 무슨 뜻이옵니까. 왕자님?
**햄릿** 엉큼한 장난질을 쳐 보는 게지. 음모 같은 거라고 할까.
**오필리아** 아마 이 무언극이 연극의 골자인 것 같사옵니다만.

## 해설을 맡은 배우 등장

**햄릿** 이 배우가 가르쳐 주겠지. 배우들이란 비밀을 지키지 못하고 모든 걸 지껄여 버리거든.
**오필리아** 그럼 무언극의 의미도 가르쳐 주겠군요?
**햄릿** (거친 어조로) 암 그뿐이겠소. 그대가 해 보이는 무언극도 해설해 줄 거요. 그대가 창피스럽다고 생각지 않고 엉큼한 무언극을 해 보이면 저 배우들은 창피한 생각 없이 그 엉뚱한 의미를 해설해 줄 거요.
**오필리아** 망칙한 말씀만 하십니다. 전 연극이나 구경하겠습니다.
**해설** 저희 배우들을 대표하여 여러분 앞에 간곡한 감사의 말씀을 드립니다. 이 비극을 끝까지 성원해 주시기 바랍니다. (퇴장)
**햄릿** 저게 극의 서사인가, 반지에 새긴 글귀인가?

**오필리아**　정말 너무나 짧은 것 같사옵니다.

**햄릿**　여인의 사랑처럼.


### 무대에 왕과 왕비의 역을 맡은 두 배우 등장


**극중 왕**　왕비여, 그대와 내가 성스런 결혼식을 올린 뒤로 태양의
꽃수레가 바다 신의 바다 길과 대지 여신의 둥근 땅을 돌기
를 꼬박 서른 번을 했소. 그 빛을 빌린 달님이 서른 번의 열
두 곱절을 하고 말이오.

**극중 왕비**　참으로 기나긴 세월의 여로, 앞으로도 우리의 사랑이
계속되게 해 주소서. 하지만 요즘 왕께서 병환이 잦으시어
저는 슬프답니다. 하지만 왕이시여, 언짢아하지 마소서. 여인
들의 근심과 사랑은 비례하므로 양쪽 모두 없거나 있다면 극
으로 치닫게 마련이지요. 사랑이 깊을수록 근심도 깊어지는
법이니 말이에요. 사랑이 커지면 사소한 염려도 근심 걱정이
되지요.

**극중 왕**　아, 나는 얼마 안 가서 떠나야 할 몸, 이제 내 몸은 쇠잔
할 대로 쇠잔해져 기능이 멈추고 있소. 하지만 그대는 이 아
름다운 세상에 살아남아 백성의 사랑과 존경을 받으며 배필
도 만나 여생을 즐기시오.

**극중 왕비**  아, 무정도 하셔라. 그런 말은 하지 마세요. 그런 사랑은 제 마음의 추악한 반역일 뿐입니다. 남편을 살해한 여자가 아니고서야 어찌 재혼을 꿈꾸겠습니까?

**햄릿**  (방백) 입맛이 쓸 거다, 입맛이 쓸 거야.

**극중 왕비**  재혼을 바라는 것은 욕정일 뿐 진정한 사랑은 아니옵니다. 어찌 죽은 남편을 두 번 죽이는 일인 재혼을 하여 다른 남자와 잠자리를 같이하며 입을 맞출 수 있단 말입니까?

**극중 왕**  당신의 말이 진정임을 나는 의심치 않소. 하지만 인간이란 아무리 결심을 해도 그걸 깨뜨리기는 아주 쉬운 법이오. 의지는 단지 기억의 노예에 불과하기 때문이오. 태어날 때의 기세는 강해도 금세 사라져 버리는 것. 마치 설익은 과실처럼 지금은 가지에 매달려 있지만 익으면 흔들지 않아도 땅에 떨어지게 마련이오. 우리는 스스로 진 마음의 부채를 잊어버리는 경우가 많소. 격정에 사로잡혀 한 맹세도 격정이 사그라지면 함께 꺼져가듯 세상에 영원이란 없는 것이오. 그러니 우리의 사랑도 운명과 더불어 변하는 것이 전혀 이상한 일이 아니오. 다만 사랑이 운명을 이끄느냐, 아니면 운명이 사랑을 이끄느냐의 문제일 뿐이오. 권력자가 몰락하면 수하의 무리도 떠나가고, 미천한 사람도 출세하면 어제의 원수가 변하여 친구가 되는 게 현실이오. 이처럼 우리의 의지와 운명은 한 배에 탈 수 없는 거라오. 그러니 당신도 지금은 재혼할 생각이 없겠지만, 내가 죽고 나면 그런 생각도 따라서 죽고 말 것이오.

**극중 왕비**  아, 비록 대지가 양식을 베풀지 않고 하늘이 빛을 내리지 않는다 해도, 낮의 즐거움과 밤의 휴식을 빼앗긴다 해도, 평생 감옥에 갇혀 고생을 한다 해도, 온갖 기쁨을 박탈당해 재앙으로 멸망한다 해도 영겁의 고뇌가 현재뿐 아니라 내세에까지 쫓아온다 해도, 어찌 폐하를 잃은 몸이 재혼할 수 있겠습니까?

**햄릿**  왕비가 지금 그 맹세를 저버린다면!

**극중 왕**  군은 맹세 고맙구려. 왕비여, 잠시 나 좀 혼자 있게 해주오. 심신이 피곤하구려. 한숨 자고 나면 개운할 것 같소. (잠이 든다)

**극중 왕비**  잠으로 심신의 피로를 푸소서. 우리 두 사람 사이에 불행한 일이 일어나지 않기를 바랍니다. (퇴장)

**햄릿**  (왕비에게) 연극이 마음에 드십니까?

**왕비**  저 여인은 지나치게 맹세하는 것 같구나.

**햄릿**  아, 하지만 그 맹세를 꼭 지킬 겁니다.

**왕**  연극의 줄거리를 들었느냐? 해괴한 장면은 없겠지?

**햄릿**  아뇨. 이건 그저 장난일 뿐입니다. 독살하는 흉내만 내고 있을 뿐, 해괴한 장면은 없습니다.

**왕**  연극의 제목이 무엇이냐?

**햄릿**  〈쥐덫〉입니다. 비유가 놀랍지요? 비엔나에서 있었던 암살
사건을 재현해 본 것입니다. 공작의 이름은 곤자고이고, 부인
은 뱁티스타죠. 곧 보시게 될 겁니다. 악독한 내용의 작품이
지만, 뭐 어떻습니까? 폐하나 저희처럼 무고한 영혼에는 해
가 없지요. 죄를 지은 놈은 찔리겠지만 우리는 떳떳하죠.


## 🌀 루시어너스 역을 맡은 배우가 등장


**햄릿**  저건 루시어너스라는 사나이, 극중 왕의 조카입니다.

**오필리아**  왕자님께선 해설 배우처럼 잘 아시고 계십니다.

**햄릿**  난 인형극에서 꼭두각시들이 시시덕대는 수작만 보아도 그
대와 애인 사이에 무슨 일이 있었는지 알아맞힐 수 있지.

**오필리아**  너무하신 말씀이옵니다. 왕자님, 너무하십니다.

**햄릿**  성이 났나? 내 것이 성이 나면 그대는 처녀성을 빼앗겨 앓
는 소리를 내게 될 거요.

**오필리아**  정말 험담이 지나치십니다.

**햄릿**  그러나 남편을 맞이하면 알게 되겠지. (무대를 향하여) 시작
해 봐, 살인자. 뭐야, 얼굴만 찌푸리지 말고 어서 시작하라고!
'까마귀는 울부짖으며 복수를 외친다'부터 해.

**루시어너스**  마음은 시커멓고 손은 날렵하다. 약효는 빠르고 때

는 무르익었다. 다행히 아무도 없구나. 하늘도 나를 도운 거야. 심야에 캐낸 약초에 마녀의 주문을 세 번 곁들이고 독기를 세 번 쐬어 만든 무서운 독약이여, 당장 저 건강한 생명을 빼앗아라. (독약을 왕의 귀에 붓는다)

**햄릿**　왕위를 빼앗기 위해 정원에서 왕을 독살하고 있습니다. 왕의 이름은 곤자고로, 실화를 빼어난 이탈리아어로 표현했지요. 저 살인자가 이제 조금 있으면 왕비를 농락하는 것을 볼 것입니다.

**오필리아**　폐하께서 일어나시네요!

**햄릿**　왜 그러시지? 거짓 불길에 겁을 먹으셨나?

**왕비**　무슨 일이십니까, 폐하?

**폴로니어스**　연극을 중지하라.

**왕**　등불을 가져오너라. 그만 가야겠다!

**일동**　등불, 등불, 등불을! (햄릿과 호레이쇼를 남겨두고 모두 퇴장)

**햄릿**　"울어라, 상처 입은 사슴아. 놀아라, 암사슴아. 깨든지 자든지 세상 만사 둥글둥글." 어때, 호레이쇼! 나중에 내 팔자가 기구해지면 나도 배우들 틈에 낄 수 있지 않겠는가?

**호레이쇼**　반 사람 정도 급료는 받을 수 있겠네요.

**햄릿**　무슨 말인가. 나도 한 사람 몫을 충분히 해낼 수 있어. "그대 알렷다. 사랑하는 데이먼이여, 이 나라는 주피터 신에게 버림받아 더러운 공작새가 다스리고 있도다."

**호레이쇼**  공작새는 너무 과분합니다.

**햄릿**  그건 그렇고, 정말 유령의 말이 옳았어. 자네도 보았지? 독
살 장면 때?

**호레이쇼**  예, 똑똑히 보았습니다.

**햄릿**  자, 피리를 불어라! 왕께서 연극이 싫으시다면, 그야 싫으
신 거겠지. 자, 풍악을 울려라!


🎵 로즌크랜츠와 길든스턴, 빠른 걸음으로 등장


**길든스턴**  왕자님, 한마디 여쭙겠습니다.

**햄릿**  사연을 모두 아뢰게.

**길든스턴**  왕께서······.

**햄릿**  그래, 왕께서 어떻다고?

**길든스턴**  방 안에서 꼼짝도 않으시고 몹시 언짢아하십니다.

**햄릿**  과음하셨나?

**길든스턴**  아닙니다. 노하셨습니다.

**햄릿**  그렇다면 전의한테 알리는 것이 더 현명한 일 아닌가. 내가
나서면 폐하의 노여움이 더욱 커질지도 몰라.

**길든스턴**  왕자님, 제발 샛길로 빠지지 마십시오.

**햄릿**  난 얌전히 듣고 있는데, 말하게.

**길든스턴**  왕비마마께서 무척 상심하고 계십니다. 소신을 보낸 것
도 왕비마마이십니다.

**햄릿**  반갑구려.

**길든스턴**  왕자님, 제발 저를 희롱하지 말아 주십시오. 진지하게
말씀하신다면 왕비마마의 전갈을 올리겠습니다. 그게 싫으
시다면 저는 이만 물러가겠습니다. (절을 하고 돌아서려 한다)

**햄릿**  그렇게 할 순 없지.

**로즌크랜츠**  왕자님, 무엇을요?

**햄릿**  진지하게 말하는 것 말야. 난 머리가 돌았거든. 하지만 내가
할 수 있는 말이라면 쾌히 응답할 테니 요점을 말해 보게나.

**로즌크랜츠**  왕비마마께선 왕자님의 행동에 깜짝 놀라셨다 하옵
니다.

**햄릿**  어머니를 놀라게 하다니, 참으로 훌륭한 아들이로다! 놀란
어머니의 뒤를 따르는 속편은 없는가? 말해 보거라.

**로즌크랜츠**  또한 주무시기 전에 왕비마마께서 할말이 있으시니
내실로 드시랍니다.

**햄릿**  그렇게 하지. 지금보다 열 배 더 훌륭하신 어머니라고 생각
하면서 복종하겠네. 또 무슨 용건이 남았나?

**로즌크랜츠**  왕자님은 한때 저를 극진히 아끼셨지요.

**햄릿**  소매치기와 도둑놈에게 맹세코 아직도 아낀다네.

**로즌크랜츠**  왕자님께서 그렇게 우울해 하시는 원인이 무엇인지 알

고 싶습니다. 저를 친구라 여기신다면 제발 알려 주십시오.

**햄릿**   출세길이 막혔기 때문이다.

**로즌크랜츠**   그건 또 무슨 말씀입니까? 덴마크의 왕위를 계승하
실 왕자님께서.

**햄릿**   그렇긴 하네만 옛말에 '풀이 자라기를 기다리다 말이 굶어
죽고'란 말이 있지.


### 배우들이 피리를 들고 등장


**햄릿**   아, 피리가 왔다, 나도 하나 주게. (피리를 하나 받아 들고 길
든스턴을 한쪽 구석으로 데리고 간다) 저리 좀 가세. 어쩌자고
자넨 그처럼 날 떠보려고 그러나? 날 함정에 몰아넣어야 속
이 시원하겠나?

**길든스턴**   죄송합니다. 왕자님, 신이 지나치게 행동했다면 그건
모두 왕자님에 대한 신의 충정 때문이옵니다.

**햄릿**   무슨 소릴 하는지 참 모르겠군. 이 피리를 불어 보게.

**길든스턴**   피리하곤 깜깜 절벽입니다.

**햄릿**   한번 불어 보게.

**길든스턴**   정말이지 불 줄 모릅니다.

**햄릿**   제발 부탁이니, 어서.

**길든스턴**　용서하십시오. 손도 대 보지 않았는걸요.

**햄릿**　공연히 거짓말하는 것 같네. 이렇게 구멍을 다섯 손가락으로 막고 입을 대고 입김만 훅훅 불어 보게나. 오묘한 가락소리가 흘러나올 테니 말야. 여기를 봐. 이것들이 구멍이야.

**길든스턴**　글쎄, 손이 제대로 돌아가야 조화로운 소리가 나오지 않겠습니까, 피리엔 재주가 없습니다.

**햄릿**　예끼 이 사람아, 그렇다면 자넨 날 무엇으로 알고 있었나! 날 피리 불 작심이었지? 누르는 구멍을 잘 아는 척하고선 내 마음속에 비밀을 빼내려고 저음에서 고음에 이르기까지 소리를 울려 보려는 심사였군. 이 작은 악기엔 아름다운 가락과 절묘한 소리들이 들어 있지. 이 사람아, 그래 날 피리보다 불기 쉬운 줄 알고 호락호락 덤벼들었나? 날 무슨 악기로 취급해도 상관 없네만 날 소리 나게는 못할 걸세.


### 폴로니어스 등장

**햄릿**　어서 오시오, 영감.

**폴로니어스**　왕비마마께서 하실 얘기가 있으시니 곧 오시라는 분부십니다.

**햄릿**　저기 낙타 모양의 구름이 보이는가?

**폴로니어스**   아, 정말 낙타 같군요.

**햄릿**   족제비처럼 보이는데?

**폴로니어스**   네, 등 모양은 족제비 같군요.

**햄릿**   아냐, 고래 같네 그려.

**폴로니어스**   네, 고래와 아주 흡사합니다.

**햄릿**   그럼, 곧 어머님께 가보겠네. (방백) 나를 아예 바보 취급하는군. 아, 참으로 견디기 어려운 고통이여. (폴로니어스에게) 곧 가겠다고 여쭈시오.

**폴로니어스**   그렇게 전하겠습니다. (햄릿만 남고 모두 퇴장)

**햄릿**   '곧 가겠다'라는 말은 쉽지. 자, 다들 물러가게. (호레이쇼와 배우들 퇴장) 지금은 한밤중, 마녀들이 설쳐댈 시간이다. 무덤이 입을 쫙 벌리고, 지옥이 세상을 향해 독기를 뿜어대는 지금이라면 나도 능히 사람의 뜨거운 피를 흘리게 할 수 있을 것 같다. 하지만 기다려라. 지금은 어머님께 가 볼 시간, 천륜을 어겨선 안 된다. 굳게 먹은 내 마음에 어머니를 살해한 네로의 잔인한 영혼이 깃들게 해서는 안 돼. 아무리 가혹한 짓을 하더라도 자식으로서의 정은 잊지 말자. 말로는 칼끝처럼 날카롭게 찌를지라도 진짜 칼을 휘둘러서는 안 되지. 혀와 마음을 따로 분간하자. 말로 어머니를 매질하더라도 행동으로 옮겨서는 안 되지. (퇴장)

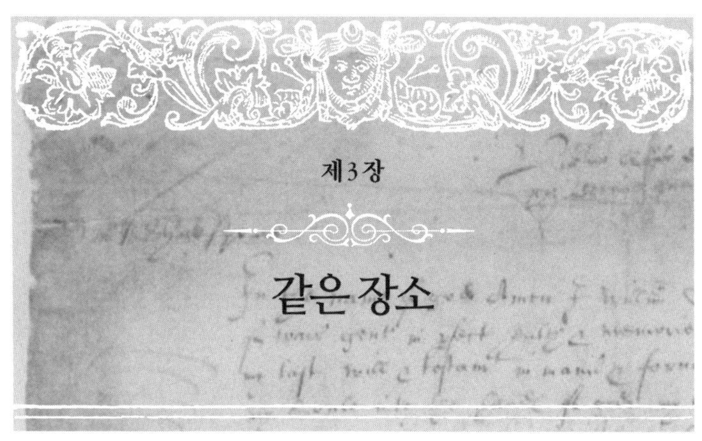

제3장

**같은 장소**

왕과 로즌크랜츠, 길든스턴 등장

**왕**   난 그 애 낯짝도 보기 싫다. 미치광이를 이렇게 방치한다는
건 매우 위험해. 너희들은 곧 준비하라. 위임장을 써 줄 테니
그 애를 데리고 영국으로 출발하라. 나의 안위를 위해서라도
시시각각 커지는 위험을 곁에 둘 순 없도다.

**길든스턴**   곧 떠날 준비를 하겠습니다. 폐하의 은덕에 의지하여

살고 있는 수많은 백성의 안위를 위한 참으로 자상한 배려라 생각되옵니다.

**로즌크랜츠**  하잘것없는 우리들 개인의 생명도 일단 위험에 처하면 전력을 다하는 게 도리입니다. 하물며 이 나라 백성의 생명이 걸린 국왕의 안녕에는 더욱 조심해야 할 줄로 압니다. 폐하의 불행은 옥체 한 몸에 그치지 않습니다. 소용돌이 같아서 주위에 있는 것을 모두 끌어들이옵니다. 오, 그것은 마치 높은 산봉우리에 꽂힌 거대한 수레바퀴와도 같아서 그 굵은 바퀴살 하나하나에 수많은 부속물이 붙어 있습니다. 만일 그 수레바퀴가 산봉우리에서 굴러 떨어지게 되면 부속물은 하나하나가 산산조각이 나서 흩어집니다. 폐하의 탄식은 곧 만백성의 신음이지요.

**왕**  어서 준비하여 떠나도록 하라. 그 위험한 건 쇠사슬로 묶어 놓아야 안심이 되는 법이다.

**로즌크랜츠·길든스턴**  알겠습니다. (로즌크랜츠와 길든스턴 퇴장)


### 폴로니어스 등장


**폴로니어스**  폐하, 지금 왕자님께서 왕비마마의 내실로 향하고 있습니다. 소신이 커튼 뒤에 숨어서 이야기를 엿듣겠습니다. 왕비마마께서 엄히 질책하실 것은 틀림없을 것이옵니다. 하오나 폐하의 말씀 또한 참으로 지당하신 말씀이라 사려되옵니다. 친자식 간의 정이 있은즉 아드님 생각에 치우치실 수 있으니 아무래도 제삼자가 엿듣는 것이 좋을 줄 아옵니다. 폐하께서 침소에 드시기 전에 다시 뵙고 결과를 아뢰겠습니다.

**왕** 수고하시오, 폴로니어스. (폴로니어스 퇴장) 아, 내 죄의 악취가 하늘을 찌르는구나. 인류 최초의 무서운 저주를 받은 카인의 형제 살인죄. 아, 기도 드리고 싶은 마음은 굴뚝 같지만 정작 기도를 드릴 수는 없구나. 아, 이 손에 하늘이 은혜로운 비를 내려 눈처럼 희게 해줄 수는 없을까? 죄인을 구제해 주지 못한다면 어찌 자비라 할 수 있는가? 죄를 미연에 방지하고 또 저지른 죄를 용서해 주는 이중의 공덕이 없다면 기도를 드려 무슨 소용이 있겠는가? 그렇다. 아직도 희망은 있다. 내 죄는 이미 과거의 것, 그러나 어떤 기도를 드려야 한단 말인가? '흉악한 살인죄를 용서하소서'라고? 그건 안 될 일이겠지. 이 왕관, 왕위, 그리고 왕비가 아직 내 손에 있으니. 죄를 지어 가면서 얻은 소득을 그냥 지닌 채 용서받을 수는 없을까? 썩어 빠진 이 세상에선 죄로 물든 부정한 손도 황금으로 덧칠하면 정의를 밀쳐 낼 수 있을 것이다. 아냐, 천상에서는 그것이 통하지 않아. 우리의 모든 죄상을 일일이 실토해야 돼. 그럼 어떡하지? 그래, 참회하자. 하지만 참회할 수도 없는 경우에는 어떡하지? 오, 이 비참한 심정! 덫에 걸린 새 같은 내 영혼이여! 몸부림칠수록 더욱 죄어드는구나. 천사들이여, 날 도와주소서! 그래, 굳어 버린 무릎이여, 꿇을지어다. 강철 같은 심장이여, 갓난아기의 근육처럼 부드러워져라. 그저 모든 것이 잘 해결되기를 빕니다. (무릎을 꿇는다)

### 이때 햄릿이 등장해 기도하고 있는 왕을 보자 멈춰 선다

**햄릿**　기도 중이니 해치우기에는 지금이 가장 좋구나. 해치우자. (칼을 뺀다) 가만, 지금 죽이면 저자는 천당에 가고 나는 복수를 하게 된다? 아냐, 아버지를 죽인 악당을 천당으로 보낸다? 그러면 복수라고 할 수 없지. 저 악당이 스스로의 영혼을 깨끗이 씻으며 죽음을 준비하고 있을 때 그를 해치우는 일은 복수가 아니다. 저자에게 나의 아버님이 살해당하셨을 땐 아버님은 죄를 지닌 채 죄악이 5월의 봄꽃처럼 활짝 폈을 때다. 그러니 최후의 심판에 대한 심문에 대해서는 신 이외는 알 수 없지만 아무리 생각해 보아도 중형을 면치 못할 거다. 저자가 기도하며 영혼을 깨끗이 씻고 승천할 차비 중에 죽여 버리는 일이 복수란 말인가? 어림없는 소리. (칼을 칼집에 도로 넣는다) 칼이여, 제자리에 들어가거라. 숨을 죽이고 있거

라. 저 악당이 불륜의 쾌락을 탐닉할 때, 혹은 도박을 하거나 욕설을 퍼부을 때, 그 밖에 무엇이든 구제받을 수 없는 못된 짓에 빠져 있을 때 복수를 해야 한다. 그렇게 하면 그의 영혼은 지옥의 저주를 받게 되겠지. 어머니가 기다리시겠다. 너를 지금 살려 두는 것은 너의 고통을 연장시키기 위해서다. (퇴장)

**왕** (일어서며) 나의 기도는 하늘로 날아갔지만, 나의 마음은 지상에 남아 있구나. 마음이 따르지 않는 빈말이 어찌 하늘에 닿겠는가.

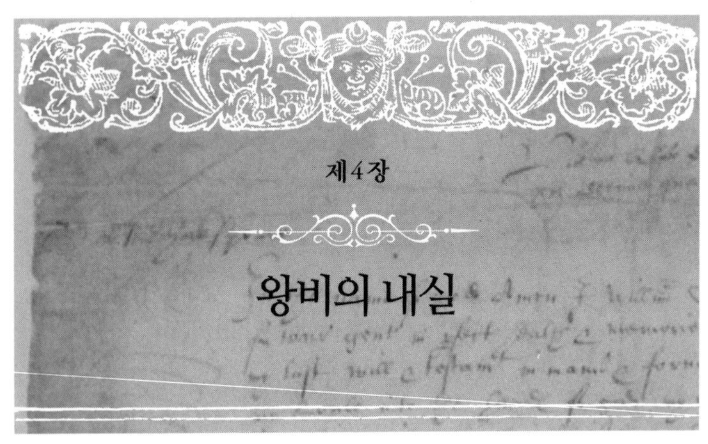


## 왕비와 폴로니어스 등장

**폴로니어스**  곧 오실 테니 따끔하게 꾸중을 하십시오. 왕자님은 도가 지나치셨습니다. 왕비님께서 페하의 진노를 막아 중재하셨다고 이르십시오. 저는 여기 숨어서 있겠습니다. 단단히 타일러 주십시오.

**왕비**  염려 말고 숨으시오. 오는가 보오.

**햄릿** (바깥에서) 어머니, 어머니.


**폴로니어스, 커튼 뒤에 숨는다. 햄릿 등장**

**햄릿** 어머니, 무슨 일이십니까?

**왕비** 너 때문에 아버지가 진노하셨다.

**햄릿** 제 아버님은 어머니 때문에 진노하셨죠.

**왕비** 너, 그게 무슨 말도 안 되는 소리냐?

**햄릿** 어머니 말씀은 또 왜 그렇습니까?

**왕비** 넌 이 어미조차 잊었단 말이냐?

**햄릿** 원, 천만에요. 왕비님이시고 시동생의 아내이시고, 또 유감
스럽게도 저의 어머니이십니다.

**왕비** 아, 나 혼자 감당하기에는 벅차구나. 너를 꾸중할 만한 사
람을 데려와야겠다. (퇴장하려 한다)

**햄릿** (팔을 붙들면서) 진정하시고 여기 앉으세요. 거울로 어머니
의 마음속을 환히 비춰 보여 드릴 테니 꼼짝 말고 계세요.

**왕비** 너 무슨 짓을 하려는 거냐? 너, 나를 죽일 셈이냐? 사람 살
려!

**폴로니어스** (커튼 뒤에서) 이크, 큰일났구나. 누구 없느냐. 앗! 사
람 살려!

**햄릿**　(칼을 뺀다) 너는 뭐냐! 쥐새끼냐? 뒈져라, 뒈져! (커튼 속을 칼로 찌른다)

**폴로니어스**　(커튼 뒤에서 쓰러지며) 아이고 나 죽는다.

**왕비**　세상에, 이게 무슨 짓이냐?

**햄릿**　전 모르죠. 왕입니까? (커튼을 들춘다)

**왕비**　이게 무슨 잔인하고 포악한 짓이냐? 오, 하느님!

**햄릿**　글쎄요. 잔인한 일이긴 하죠. 왕을 죽이고 그 동생과 결혼한 것처럼요.

**왕비**　왕을 죽였다고?

**햄릿**　그렇습니다, 어머니. (폴로니어스의 시체를 가리키며) 아무 데나 끼여드는 쓸개 빠진 녀석 같으니라고. 잘 가거라. 너보다 더 높은 상전인 줄 알았더니. 네 운명이니 받아들이거라. 주제넘게 나서면 신상에 해로워. 어머니, 애꿎은 손만 쥐어뜯지 마시고 조용히 앉으세요. 제가 어머니의 마음을 쥐어짜 드릴 테니까요. 그 가슴이 무쇠 덩어리가 아니라면 말입니다. 더러운 습관에 젖어 인간의 감정이 뚫고 들어갈 수도 없게 무감각해진 건 아니시겠죠?

**왕비**　이 어미에게 눈을 부릅뜨고 무슨 시건방진 짓거리냐.

**햄릿**　어머니는 간악한 행동으로 여인의 정숙함을 짓밟았고, 정결한 부덕을 위선으로 불리게 했으며, 청순하고 아름다운 이마에서 장미꽃을 떼어 버리는 대신 수치로 벌레 먹게 했고,

백년해로의 서약을 백지로 만들지 않았습니까? 아, 어머니가 하신 일은 부부의 약속으로부터 그 혼을 빼 버리고 신에게 맹세한 서약을 한낱 헛소리에 불과하게 하셨습니다. 그 때문에 하늘도 격분해서 낯을 붉히고 이 반석 같은 대지도 최후의 심판일이 온 것처럼 수심에 잠겨 떨고 있답니다.

**왕비**   도대체 소란을 피우는 이유가 뭐냐 말이다.

**햄릿**   (벽에 걸린 두 초상화 쪽으로 왕비를 데려가) 자, 보세요. 이 두 초상화를, 한 핏줄을 나눈 형제의 초상화를 보세요. 자, 이분의 고귀한 모습을 보시란 말이에요. 아폴론의 머리카락, 주피터 같은 훤칠한 이마, 전쟁의 신 마르스의 눈, 신의 전령 헤르메스가 막 내려앉은 듯한 모습을요. 온갖 아름다움을 한 몸에 지닌 탓으로 신들이 인간의 본보기로 삼았던 어머니의 전 남편을 보세요. 자, 그럼 이번에는 이 초상화를 보세요. 어머니의 현재의 남편이죠. 건강한 형을 병든 보리 이삭처럼 말려 죽인 인간입니다. 눈이 있으면 한번 보세요. 저 아름다운 산등성이를 버리고, 이처럼 더러운 수렁에서 먹이를 찾아 헤매다니, 어머니한테 과연 눈이 있기라도 합니까? 행여 사랑 때문에 눈이 멀었다고 하지 마세요. 어머니 나이쯤 되면 정욕도 사그라져 분별심에 복종하게 마련이니까요. 꽃을 본 나비처럼 어찌 물불을 가리지 못하며 여기서 이리로 옮긴단 말입니까? 아직도 욕정이 타는 걸 보니 감각은 있는 모양이십니다. 다만 그 감각도 정녕 마비되었던 게죠. 어떤 미치광이라도 이런 실수를 저지르지는 않을 것입니다. 아무리 눈이 멀었다 해도 이런 차이를 구분 못할 만큼 판단력을 잃진 않았을 거예요. 이처럼 어리석은 짓을 하시다니 백주에 악마에게 홀려 눈 뜬 장님이라도 되셨나요? 촉각이 없으면 눈이 있을 거고, 시각이 없으면 촉각이라도 있을 거고, 손과 눈이 없어도 귀가 있고, 다른 아무 감각이 없다면 코라도 있을 게 아닙니까? 아니 올바른 감각의 쇠진한 부분만이라도 남아 있다면야 이렇듯 우둔한 행동을 할 수 없을 거예요. 아, 수치심이여, 너의 부끄러운 마음은 어디로 갔느냐? 지옥의 악마여, 늙은 여체에도 욕정의 불씨를 당긴다면 피끓는 젊은이들에게 도덕 따위는 초처럼 누그러져 자기 열로 녹아 버리는 것도 당연한 일이 아니겠느냐? 무섭게 타오르는 젊음의 욕정의 불길 속에 뛰어들어 온 몸을 태운들 어찌 부끄럽다 할 것인가? 차가운 서리까지도 불처럼 타오르고 이성이 정욕의 뚜쟁이 노릇을 하는 판에 말이다.

**왕비**　오, 햄릿. 그만해라. 너의 말은 내 영혼을 꿰뚫어보게 하는구나. 아무래도 지워지지 않을 시커멓게 멍든 내 영혼의 얼룩을 말이다.

**햄릿**　뿐만 아니라 더럽고 역겨운 땀내가 뒤범벅이 된 이불 속에 들어가 썩은 것이 들끓는 속에 더러운 돼지 같은 놈과 히히

덕거리며 몸을 섞다니…….

**왕비**  제발 그만해 둬라. 네 말은 마치 비수처럼 내 가슴을 찌르는구나. 햄릿, 제발 그만하거라.

**햄릿**  살인자, 악당. 선왕의 발가락 때만도 못한 놈. 왕위와 왕국을 가로채어 슬쩍 주머니에 집어넣은 날도둑놈…….

**왕비**  그만!

**햄릿**  누더기를 걸친 가짜 왕.


### 유령이 잠옷 차림으로 등장

**햄릿**  허름한 옷차림으로 나타난 천사여, 그 날개로 저를 보호하소서. (유령에게) 어인 일로 오셨습니까?

**왕비**  저 애가 미쳤구나!

**햄릿**  저를 책망하러 오셨군요. 격정에 사로잡혀 우물쭈물거리며 때를 놓치는 불초한 자식을 꾸짖으러 오셨습니까?

**유령**  잊지 마라. 내가 지금 널 찾아온 것은 무디어진 네 결심의 칼날을 갈아 주기 위해서다. 하지만 겁을 먹고 떨고 있는 네 어머니의 얼굴을 보거라. 어머니를 돌봐드려라. 몸이 연약한 자일수록 고통이 심한 법. 햄릿, 어머니께 따뜻한 말을 건네드리도록 하거라.

**햄릿**　어머니, 괜찮으십니까?

**왕비**　너야말로 괜찮으냐? 무섭게 허공을 노려보며 얘길 하다니? 너의 눈빛은 이글거리고, 머리카락은 경보에 놀란 병사처럼 곤두서 있지 않느냐? 햄릿, 진정해라. 제발 인내심을 되찾아 다오. 누구에게 말을 하는 거냐?

**햄릿**　저분을! 저 모습을! 보십시오, 창백한 얼굴로 이쪽을 노려봅니다. 저 슬픈 모습을 보고 가슴에 멍든 원통한 사연을 들으면 목석도 울 겁니다. 절 노려보지 마세요. 그토록 애처로운 눈으로 저를 보시면 저의 굳은 결의도 꺾이고 결행하려던 큰일을 수행할 수 없게 됩니다. 피를 보아야 할 때 눈물을 흘릴 것만 같습니다.

**왕비**　누구를 보고 중얼대는 거냐?

**햄릿**　저기, 아무것도 보이지 않습니까?

**왕비**　아니, 아무것도. 내 눈은 아직 멀쩡한데 보이지 않는구나.

**햄릿**　저기, 저기를 보세요. 지금 사라지고 있네요. 생존해 계셨을 때 늘 입으시던 차림을 하고 아버지께서 지금 나가십니다. (유령 퇴장)

**왕비**　네가 실성한 탓이야. 정신이 나가면 망상을 보는 법이거든.

**햄릿**　실성했다고요? 제 맥을 짚어 보세요. 어머니의 맥박과 조금도 다르지 않을 테니까요. 제가 실성해서 헛소리를 한 것이 아닙니다. 어머니, 제발 부탁드리오니 양심에다 그렇게 위안의 고약을 바르지 마세요. 속은 썩어문드러지니까요. 어머니, 더 늦기 전에 하느님께 죄를 고백하고 참회하세요. 과거를 뉘우치고 앞으로는 죄를 짓지 마세요. 죄로 물든 잡초에 비료를 뿌려 번성시키지 마세요. 저의 솔직한 진언을 용서하세요. 하긴 요즘같이 타락한 세상에서는 정의가 부정에게 용서를 빌어야 하지만요. 뿐만 아니라 옳은 일을 하는데도 굽실거리며 눈치를 살펴야 하는 세상이지만요.

**왕비**  오, 햄릿. 네가 내 가슴을 두 동강 내는구나.

**햄릿**  그렇다면 더러운 쪽은 버리시고, 나머지 반쪽으로 깨끗하게 살아가세요. 안녕히 주무세요. 그러나 숙부의 침실에는 가지 마세요. 정절이 없더라도 있는 척하세요. 습관이라고 하는 괴물은 악습에 대한 감각을 죄다 먹어 버리지만 또한 천사와 같은 일면도 있어 항상 점잖고 착한 행동을 하게 되면 처음에는 어색한 옷 같아도 어느새 쉽게 몸에 어울리게 해준답니다. 오늘 하룻밤만 참으시면, 다음번에는 참는 것이 좀더 쉬워지실 거예요. 이와 같이 습관은 인간의 천성을 바꿀 수도 있기 때문에 악마를 아주 극복하거나 그렇지 않으면 경이로운 힘으로써 우리의 정신 밖으로 내쫓을 수도 있는 거예요. 그럼 안녕히 주무세요. 회개하여 신의 축복을 받으십시오. 어머니께서 신의 축복을 구하고 싶으실 때 저를 부르세요. 저도 어머니를 위해 함께 기도 드릴 테니까요. (폴로니어스의 시체를 가리키며) 이 늙은이를 죽인 것은 저도 안타깝습니다. 그러나 이 모든 게 하늘의 뜻이겠죠. 신은 이 늙은이를 통해 저에게 벌을 주시고, 또한 저를 이용하려 했던 이자에게 벌을 주신 겁니다. 시체를 치우겠습니다. 이자를 죽인 책임은 제가 충분히 지겠습니다. 다시 한번 인사드립니다. 안녕히 주무십시오. 소자의 말씀이 몹시도 가혹한 것 같습니다만 모두 효심 때문입니다. 일의 시작이 나빴습니다. 하지만 더욱 무서운 일이 남아 있습니다. (나가려다 다시 돌아서서) 한마디만 더 드리겠습니다, 어머니.

**왕비**  나더러 어찌하라고?

**햄릿**  지금 소자가 여쭌 말은 모두 잊어버리세요. 돼지 같은 왕이 유혹하거든 다시 이불 속으로 들어가세요. 볼을 음탕하게 꼬집히며 귀여운 생쥐라고 부르게 하세요. 냄새 나는 입술을 갖다 대게 하든지 징그러운 손가락으로 목덜미를 애무 받으면서 이야기를 전부 고해 바치세요. 햄릿은 정말 미친 것이 아니라 미친 척한다고 말예요. 왕에게 사실대로 일러바치는 게 좋을 겁니다. 아무리 아름답고 정숙하고 현명한 왕비라 하서도 이와 같은 중대사를 상대는 마녀의 앞잡이의 두꺼비, 박쥐, 수쾡이놈인데 숨겨 버릴 수가 있겠습니까? 어림도 없는 일이죠. 아니 분별이나 비밀이 다 뭐하는 겁니까. 그 유명한 원숭이가 지붕 마루에 걸어둔 새장에서 새들을 모두 날려 보낸 뒤 나도 한번 해본다고 새장 속에 기어들어가 뛰어내리다 목뼈를 부러뜨린 것처럼 어머니도 그렇게 하시지요.

**왕비**　염려 말아라. 만일 말이 숨결에서 나오고, 숨결이 목숨에서 나온다면 네가 한 말을 입 밖에 낼 목숨이 내겐 없단다.

**햄릿**　아, 제가 영국으로 가는 걸 아세요?

**왕비**　아참, 깜박했구나. 그렇게 결정되었나 보더라.

**햄릿**　독사 같은 친구 두 놈이 이미 왕명을 받들고 있다는군요. 해볼 테면 해 보라죠. 내 꼭 그놈들이 묻어 놓은 지뢰밭을 그놈들로 하여금 걷도록 만들 테니까요. 생각만 해도 신나는 일입니다. (폴로니어스의 시체를 가리키며) 하여튼 이놈 때문에 우물쭈물할 시간이 없게 되었군요. 시체는 옆방으로 끌어다 놓겠습니다. 살아생전에는 어리석은 수다쟁이 악당이더니 이젠 조용히 입을 다물고 엄숙해졌구나. 자, 이리 오너라. 너하고 마지막 일을 끝내자꾸나. 안녕히 주무세요, 어머니. (시체를 끌고 햄릿 퇴장, 왕비는 침대에 엎드려서 흐느껴 운다)

제 4 막

William Shakespeare

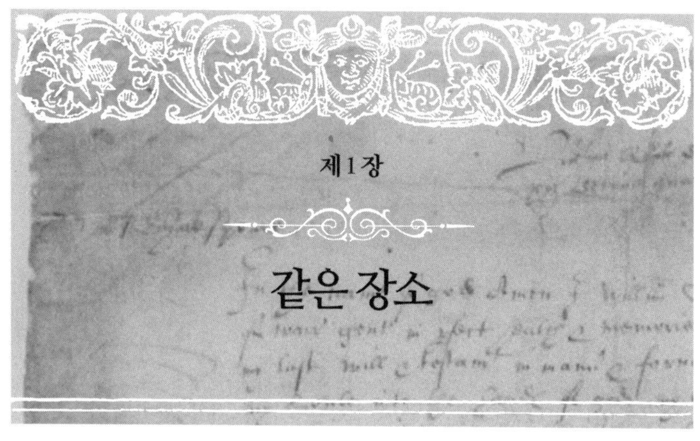

제1장

# 같은 장소

클로디어스가 로즌크랜츠와 길든스턴을 거느리고 방 안으로 들어온다

**왕**  당신의 깊은 탄식을 들으니 필시 무슨 일이 있었구려. 나한테 한 가지도 숨기지 말고 자세히 말해 주오. 햄릿은 어디 갔소?

**왕비**  폐하, 잠시 두 사람을 나가 있게 해주세요. (로즌크랜츠와 길든스턴 퇴장) 오늘 밤 참으로 끔찍한 일이 벌어졌습니다!

**왕**  도대체 무슨 일이오? 햄릿이 일을 저지른 모양이군.

**왕비**  파도와 바람이 서로 다투듯 광기를 부리는 거라고나 할까
요. 한참 미쳐서 날뛰는데 커튼 뒤에서 인기척이 나자 칼을
빼어 들고 "쥐새끼, 쥐새끼다"라고 외치면서 그 착한 노인을
찔러 죽였습니다.

**왕**  오, 세상에 이럴 수가! 짐도 그 자리에 있었더라면 똑같은 봉
변을 당할 뻔했구려. 햄릿을 더 이상 방치해 두었다간 큰일
나겠소. 당신에게도 나에게도 다른 모든 이에게도 위험하오.
도대체 이 참사에 대해 뭐라고 변명을 한단 말인가? 이 모두
가 과인의 책임이오. 앞을 내다보고 이 젊은 미치광이를 미
리 경계하여 감금하고 사람들 앞에 나가지 않게 했어야 했는
데……. 햄릿을 너무 사랑하다 보니 화를 키우고 말았구려.
더러운 병에 걸린 사람이 다른 사람들에게 병을 숨기려다가
생명의 정수까지 파먹히는 경우와 똑같구나. 그래서 햄릿은
어디로 갔소?

**왕비**  노인의 시체를 끌고 갔어요. 미치긴 했어도 돌 속에도 순
금이 있는 것처럼 자기가 저지른 일에 참회의 눈물을 흘리더
군요.

**왕**  오, 갑시다. 날이 밝는 대로 즉시 그애를 배에 태웁시다. 이번
불상사는 내 권위를 이용해서라도 마무리지어야겠소. 여봐
라, 길든스턴!

 로즌크랜츠와 길든스턴 등장

**왕** 너희 두 사람은 지금 즉시 햄릿을 찾아보아라. 햄릿이 미쳐
날뛰다가 폴로니어스를 죽여 끌고 나갔다 하니 서둘러 인부
를 불러 시체를 교회로 옮겨 놓아라. 어서들 서둘러라. (로즌
크랜츠와 길든스턴 퇴장) 자, 이제 곧 심복들을 불러 수습책을
마련해 봅시다. 남을 헐뜯는 말이 이 세상 끝까지 날아가 펴
뜨린다 해도 우리의 명성만은 상처를 입히지 못할 것이오.
나갑시다! 불안과 놀라움으로 이 가슴이 터질 것 같소. (모두
퇴장)

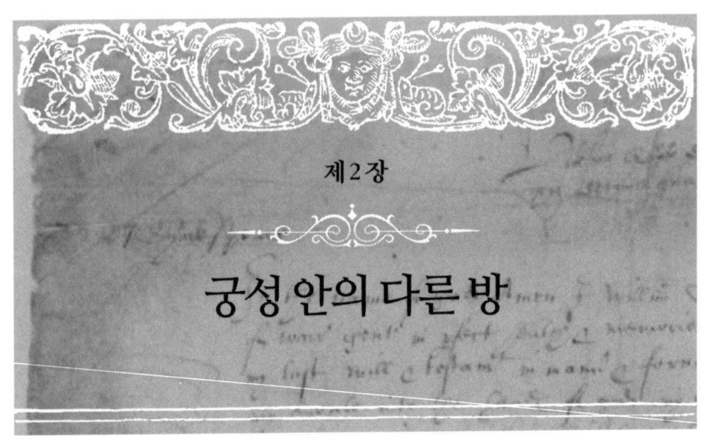



## 햄릿 등장

**햄릿**　이제야 무사히 치웠구나.

**길든스턴·로즌크랜츠**　(바깥에서) 햄릿 왕자님! 햄릿 왕자님!

**햄릿**　가만 있자, 저게 무슨 소리야? 누가 나를 부를까? 저기 오
　　는군.

**로즈크랜츠**   왕자님, 시체를 어떻게 하셨습니까?

**햄릿**   흙과 섞었다네. 둘은 서로 친척이거든.

**로즈크랜츠**   어디 있는지 알려 주십시오. 교회로 모셔야 합니다.

**햄릿**   그 말을 믿지 말게.

**로즈크랜츠**   무슨 말씀이신지요?

**햄릿**   내가 말할 것 같은가? 해파리 같은 녀석들에게 왕자 된 몸
으로서 함부로 응답할 수는 없지.

**로즈크랜츠**   해파리 같은 녀석들이라고요, 왕자님?

**햄릿**   그렇다. 국왕의 총애를 쭉쭉 빨아들이는 해파리들이지. 하
기야 자네들 같은 패거리가 왕에게도 필요하겠지. 마치 원숭
이가 입 안 한구석에 사과 한쪽을 물고 있다가 언제든지 필
요하면 삼켜 버리는 거와 같지. 왕은 언제든 자네들을 쥐어
짜기만 하면 될 테니까. 하지만 자네들은 곧 말라비틀어져
죽겠지.

**로즈크랜츠**   왕자님, 무슨 말씀이신지요?

**햄릿**   차라리 잘됐군. 머저리 귀엔 독설도 우이독경이라고 했겠다.

**로즈크랜츠**   왕자님, 시체 있는 곳을 알려 주시고 어전으로 가십
시다.

**햄릿**   시체는 왕과 함께 있지만, 왕은 시체와 함께 있지 않지. 왕

이란 어떤 물건인고 하니…….

**로즌크랜츠**　물건이라뇨?

**햄릿**　아무것도 아니다. 자, 날 어전으로 안내하라. 숨고 찾는 술래잡기다. (퇴장)

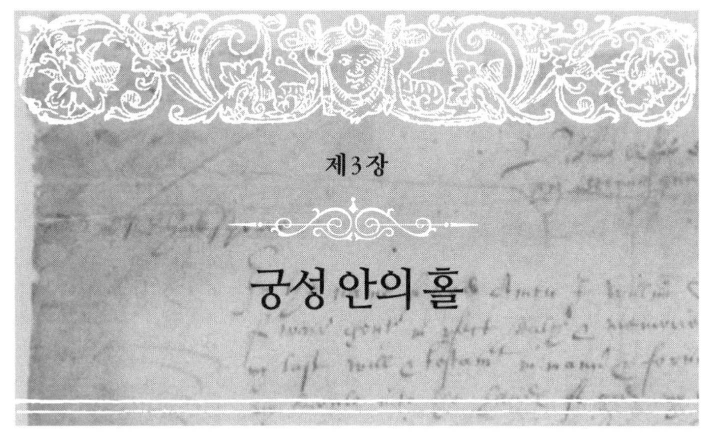

# 제3장

## 궁성 안의 홀



**왕** 햄릿을 찾아내어 그 시체를 찾아오도록 일러두었소. 햄릿을 그대로 방치해 두는 것은 매우 위험한 일이오! 그렇다고 경박한 민중들의 사랑을 받으니 엄벌을 내릴 수도 없고. 도대체 민중들이란 자들은 이성이 아닌 눈으로만 판단한단 말야. 그러니 일을 원만하게 처리하기 위해서는 햄릿을 즉시 국외로 보내지 않으면 안 되겠소. 신중히 고려한 결과인 것처럼 꾸며서 말이오. 요컨대 위험한 병은 어려운 치료법으로 고치는 법. 달리 길이 없지 않겠소.


### 로즌크랜츠 등장


**왕**  어떻게 되었나?

**로즌크랜츠**  시체를 어디에다 숨겼는지 도무지 말씀하지 않으십니다.

**왕**  그래, 햄릿은 어디 있느냐?

**로즌크랜츠**  밖에 감시인을 붙여 두었습니다. 어찌할까요?

**왕**  이곳으로 모셔 오너라.


### 햄릿과 길든스턴 등장


**왕**  햄릿, 폴로니어스는 어디 있느냐?

**햄릿**  식사 중입니다.

**왕**  식사 중이라? 어디서?

**햄릿**  먹고 있는 중이 아니라 먹히고 있는 중입니다. 지금 구더기 같은 정치꾼들이 모여 그 늙은이를 먹어 대는 중이지요. 구더기란 먹는 일에는 제왕이거든요. 우리가 다른 동물들을 살찌게 해서 잡아먹듯이 우리 자신을 살찌우는 것은 바로 구더기를 위해서죠. 살찐 왕이나 야윈 거지나 결국은 둘 다 같은 식탁에 오르지요. 그렇게 끝장이 나는 겁니다.

**왕**  아, 저런, 저런!

**햄릿**  왕을 뜯어 먹은 구더기를 미끼로 물고기를 낚아, 그 구더기를 먹은 물고기를 먹는 인간도 있습니다.

**왕**  도대체 무슨 소리를 하는지 모르겠구나.

**햄릿**  별것 아닙니다. 왕이라 해도 거지의 뱃속을 행차하시는 경우도 있으시다 이 말씀입니다.

**왕**  폴로니어스는 어디 있느냐?

**햄릿**  천당에 사람을 보내서 찾아보세요. 천당에서도 발견하지 못한다면 딴 장소를 찾아보시고요. 이 달 안으로 발견하지 못하면 복도로 가는 계단을 오르실 때 거기서 그 냄새가 날 겁니다.

**왕**  (시종들에게) 거기 가서 찾아보아라.

**햄릿**  너희들이 돌아올 때까지 나도 기다리마. (사람들 퇴장)

**왕**  햄릿, 이번 일은 네가 지나쳤구나. 무엇보다도 네 신변의 안전을 위해서 즉시 이곳을 떠나거라. 시종들과 배가 기다리고 있으니 곧 준비하거라. 영국으로 떠날 준비는 완전히 갖추어졌다.

**햄릿**  영국으로요?

**왕**  그렇다, 햄릿.

**햄릿**  좋습니다.

**왕**  네가 내 뜻을 안다면, 그래야 하느니라.

**햄릿**  그 뜻을 간파한 천사를 하나 알기는 하지만, 가지요, 영국
으로. 안녕히 계십시오, 어머니.

**왕**  아버지라고 해야지, 햄릿.

**햄릿**  아버지와 어머니는 일심동체인 부부지간이니 어머니라고
해도 되지요. 자, 가자. 영국으로! (호위를 받으며 퇴장)

**왕**  어서 뒤쫓아 가라. 지체하지 말고 오늘 밤 안으로 배에 태우
거라. 자, 급히 가거라. 그 밖의 일은 모두 완벽하게 준비되어
있다. 부탁한다. 급히 서둘도록. (로즌크랜츠와 길든스턴 퇴장)
영국 왕이여, 그대는 이 엄명을 소홀히 다루지는 못하리라.
아직 덴마크 군대의 창과 칼이 휩쓸고 간 상처가 생생할 터
이므로 자진해서 충성을 표시하는 것도 당연하다. 영국 왕
이여, 서한에 적힌 대로 햄릿을 즉각 사형에 처하라. 열병처
럼 그는 내 핏속에서 발악하고 있으니, 그대만이 이걸 치료
할 수 있노라. 이 일이 이루어지기 전까지는, 어떤 행운이 온
다 해도 결코 기뻐할 수 없다. (퇴장)

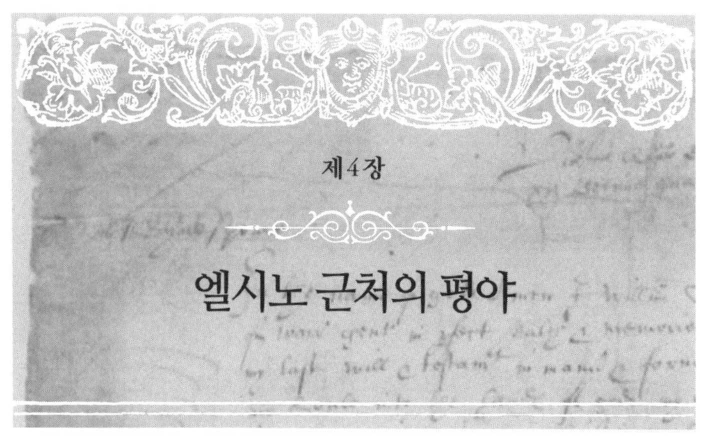

제4장

## 엘시노 근처의 평야

포틴브라스 2세가 군대를 이끌고 행진해 온다

**포틴브라스 2세**　부대장, 덴마크 왕에게 나를 대신해 문안을 드리고 약속대로 영내를 통과하고자 허락을 얻으러 왔다고 전하여라. 다시 만날 장소는 알고 있겠지? 폐하께서 친히 나를 뵙고자 하신다면 직접 찾아 뵙겠다고 여쭈어라.

**부대장**　네, 알겠습니다.

**포틴브라스 2세**  (군대에게) 천천히, 그리고 조용히 전진하라. (모두 퇴장)

### 부대장이 항구로 향하는 햄릿, 로즌크랜츠, 길든스턴을 만난다

**햄릿**  여보게, 자네들은 어느 나라 군대인가?

**부대장**  노르웨이 군입니다.

**햄릿**  어디를 공략하기 위해 진군하는가?

**부대장**  폴란드를 공격하기 위해서입니다.

**햄릿**  지휘관은 누구시오?

**부대장**  노르웨이 왕의 조카 포틴브라스 2세입니다.

**햄릿**  폴란드의 중심을 공격하는가, 아니면 변경 지대를 공격하는가?

**부대장**  사실대로 말씀드리자면 아무런 이익도 없는 명분 싸움일 뿐이죠. 소작료로 5더컷만 내라 해도 붙여먹지 않을 척박한 땅입니다. 실제로 노르웨이 왕이건 폴란드 왕이건 사유지로 그 땅을 팔아먹건 그 이상은 받기가 힘들 겁니다.

**햄릿**  아, 그렇다면 폴란드 쪽에서도 별로 방어하지 않겠군.

**부대장**  아닙니다. 수비 태세가 대단합니다.

**햄릿**　비록 2천 명의 귀한 인명과 2만 더컷의 돈을 희생한다 하더라도, 이 하찮은 문제는 해결되지 않겠군. 나라가 지나치게 번영하면 이런 종기가 생기게 마련이지. 겉으로는 아무렇지도 않은데 속으로 곪아터져 사람의 목숨을 빼앗는 거 말야. 여러 가지로 고맙소.

**부대장**　그럼 실례합니다. (퇴장)

**로즌크랜츠**　자, 가실까요?

**햄릿**　곧 뒤따를 테니 먼저들 가게. (로즌크랜츠, 길든스턴 및 그 밖의 사람 모두 퇴장) 아, 눈에 보이는 모든 것이 나를 책망하며 무디어진 복수심에 불을 지르는구나! 도대체 인간이란 무엇인가? 인간의 하루하루가 단지 먹고 자는 것뿐이라고 한다면 도대체 짐승과 다를 게 무엇인가? 신이 인간에게 이토록 위대한 사고력을 주신 것은 미래와 과거를 내다보라고 한 것이 아닌가. 그렇다면 난 짐승들처럼 건망증이 심한 탓인가, 아니면 소심함 때문인가. 영 알 길이 없구나. 사고력을 넷으로 나누었을 때 하나가 지혜고 나머지 셋은 두려움인가. '이 일은 꼭 해야 한다'고 하면서 입으로만 떠들어 대고 허송세월하고 있느냐 말이다. 내 그 일을 실행할 만한 대의명분도 의지도 힘도 수단도 모두 다 갖추고 있지 아니한가. 보라, 저 수많은 병력과 저 막대한 비용을 들여 군을 통솔하는 저 사람은 가냘픈 젊은 귀공자가 아닌가. 그러나 그의 정신은 원

대한 야망에 부풀어 예견할 수 없는 미래에 도전하며 운명과 죽음과 위험 앞에 덧없고 유한한 목숨을 헌신짝처럼 내던지고 있지 않은가. 저토록 계란 껍질만 한 사소한 일 때문에 젊은 청춘들이 일어나거늘, 사람의 명예가 위태로울 땐 지푸라기 하나를 놓고도 당당히 싸워야 한다. 그런데 도대체 내 꼴은 뭔가? 아버님은 살해당하고, 어머님은 더럽혀지고, 복수를 위해 이성도 정열도 폭발해야 할 지경인데, 사생결단을 못 내고 죽치고만 있다니. 보라, 지금도 저 2천 명의 군사들이 죽음의 길을 가고 있지 않는가. 그것을 보고도 부끄럽지 않은가. 변덕스럽고 쓸모도 없는 명예에 이끌려 잠자리로 가듯 무덤을 찾아가고 있다. 대군의 자웅을 겨누기에도 부족하고 전사들을 묻을 묘지로도 모자랄 비좁은 땅을 위해서 싸우러 가지 않는가? 아, 이제부터는 내 마음아, 잔인해져야 한다. 복수심 외에는 아무것도 생각하지 말자. (퇴장)

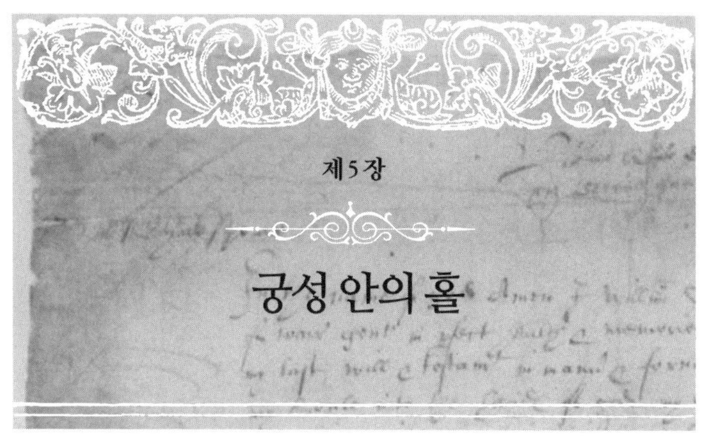

제 5 장

## 궁성 안의 홀

🐚 왕비와 호레이쇼와 시종 한 명 등장

**왕비**  지금은 그애를 만나고 싶지 않구나.

**시종**  하지만 기어이 뵙고 싶다고 저렇게 조르고 있습니다. 정말 정신이 나간 모양입니다. 차마 눈 뜨고는 볼 수 없을 정도로 참혹합니다.

**왕비**  그래서 나더러 어떡하란 말이냐?

**시종**  자꾸 부친에 관해서 넋두리를 늘어놓습니다. 세상에는 해 괴한 일도 많다면서 가슴을 치며 사소한 일에도 화를 버럭 내기도 하고 도무지 알아듣지 못할 얘기들을 합니다. 물론 터무니없는 얘기들이지만, 뭔가 분명치 않은 말들이 듣는 이의 가슴을 아프게 합니다. 고개를 끄덕이며 눈짓과 몸짓을 통해 얘기하는 것을 들어 보면 분명하지는 않지만 뭔가 불행한 일이 일어난 것 같습니다.

**호레이쇼**  만나서 얘기를 들어 보는 것이 좋을 듯합니다. 괜히 남의 말 좋아하는 사람들에게 억측의 씨앗을 뿌릴지도 모르니까요.

**왕비**  그렇다면 데리고 오라. (시종 퇴장) (방백) 죄의 시달림을 받는 자들은 하찮은 일조차도 큰 재앙의 전주곡처럼 들리지. 그래서 죄진 마음은 숨기면 숨길수록 더욱 드러난단 말야.


오필리아 류트를 들고 등장. 머리칼이 헝클어진 채 광란 상태에 빠져 있다


**오필리아**  덴마크의 아름다운 왕비마마는 어디 계세요?

**왕비**  오필리아, 어찌된 일이냐?

**오필리아**  (노래한다) "사랑하는 내 임을 어떻게 알아낼까? 죽장에 미투리에 파립 쓴 순례자가 바로 내 임이라네."

**왕비**　오필리아, 그 노래가 무슨 뜻이냐?

**오필리아**　뭐라고요? 아무튼 끝까지 들어 보세요. (노래한다) "내 임은 갔어요. 죽어서 이승을 떠났어요. 머리맡엔 초록빛 잔디, 발치에는 묘석이 하나. 오호라!"

**왕비**　그렇지만 오필리아⋯⋯.

**오필리아**　잘 들어 보시라니까요. (노래한다) "수의는 산에 내린 눈처럼 희구나."


    왕 등장


**왕비**　아, 저 앨 보세요.

**오필리아**　(노래한다) "꽃상여 타고 향기로운 내 임은 떠나가는데 사랑의 눈물은 비 오듯 흐르네."

**왕**　이게 웬일이냐, 오필리아?

**오필리아**　고맙습니다. 올빼미는 원래 빵집 딸이었대요. 오늘 일은 알지만 내일 일은 알 수 없지요. 당신의 식탁에 축복이 내리소서.

**왕**　죽은 아비 생각을 하는 모양이군.

**오필리아**　제발 그 얘긴 그만 접어 두세요. 하지만 혹시 사람들이 까닭을 묻거든 이렇게 말하세요. (노래한다) "내일은 성 발렌타인 명절, 동녘 하늘 동트면 일어나리. 사랑하는 님 창가에

서서 그대 기다리리. 내 님은 일어나 새 옷을 갈아입고 방문
을 열어 주니 들어간 처녀 나올 땐 처녀의 꽃잎은 떨어졌으
리."

**왕** 오, 가여운 오필리아!

**오필리아** 이제 잡담은 집어치우고, 노래나 끝내야겠어요. (노래한
다) "아, 원통하고 억울하고 정말로 너무 하셨어. 아무리 사내
들 심사가 그렇다지만 쓰러뜨릴 때는 백년 해로 약속하고 이
제 와서 내가 꼬리쳐서 그랬다고 말하네."

**왕** 언제부터 이 꼴이 되었소?

**오필리아** 모든 일이 잘 되겠지요. 그때까지 참아야 해요. 그러나
싸늘한 땅속에 묻힌 것을 생각하면 하염없이 눈물이 나는걸
요. 오빠도 알게 되겠지요. 그러니 두 분의 조언에 감사드립
니다. 가자, 마차야! 안녕히 주무세요. 아름다운 아주머니들,
안녕히. (퇴장)

**왕** 바싹 뒤쫓아 철저히 감시하라. (호레이쇼와 시종 급히 퇴장) 오,
모두가 아비의 죽음에서 비롯된 깊은 슬픔의 독 때문이오!
슬픔이 무리를 지어 와서 덜미를 잡는구려. 아버진 살해되
고, 햄릿은 사라지고. 그러나 이같은 불행의 장본인이 그 애
였으니 추방하는 게 당연한 일 아니오. 폴로니어스의 죽음
에 관해 무성한 소문으로 분분하니 어떻게 해야 할지 모르
겠소. 과인이 경솔했던 거요. 그 시체를 암매장하다니. 오,

가련한 오필리아! 정신이 나가 판단력을 잃었구나. 인간도 저
모양이 되면 짐승과 다를 바가 없구나. 게다가 레어티스가
프랑스에서 돌아왔을 텐데 도무지 모습을 나타내지 않는구
려. 아마 무언가 의심을 하고 있는 모양이오. 오, 비난이 죽
음의 화살처럼 날 겨누어 벌집으로 만들 모양인가 보오. (밖
에서 요란한 소리)

**왕비**　이게 무슨 소린가요?

**왕**　여봐라! 호위병들은 어디 있는가? 와서 문을 단단히 지키도
록 일러라.


## 시종 등장


**왕**　이게 무슨 일이냐?

**시종**　폐하, 자리를 피하소서! 해일이 단숨에 육지를 삼켜 버리듯
레어티스가 폭도를 이끌고 호위병들을 위협하고 있습니다.
폭도들은 마치 새로운 세상이 시작되기라도 한 듯 그를 왕이
라 부르고 있답니다. 모자를 내팽개치고 손뼉을 치며 하늘
에 닿을 듯한 소리로 "레어티스를 왕으로!"라고 외치고 있습
니다.

**왕비**　기세 등등하게 짖어대지만 냄새를 잘못 맡았어! 얼빠진 덴

마크의 사냥개들이여, 도대체 짖어야 할 방향조차 알지 못하는구나!

**왕**  문을 부수는구나.


🌀 **레어티스 무장을 하고 들이닥친다. 군중들이 그의 뒤를 따른다**


**레어티스**  왕은 어디 있느냐? 제군들은 밖에서 기다려 주게.

**군중**  아닙니다. 저희들도 들어가겠습니다!

**레어티스**  제발 이 일은 나에게 맡겨 주게.

**군중**  그러지요.

**레어티스**  고맙소. 문을 잘 지켜 주오. (군중들 퇴장) 오 더러운 악당, 클로디어스 왕! 내 아버지를 내놔라.

**왕비**  진정해라, 레어티스.

**레어티스**  침착해질 수 있는 피가 내 몸에 한 방울이라도 남아 있다면 나는 내 아버지의 아들이 아니고, 내 아버지는 창녀의 남편이고, 어머니의 순결한 이마 한복판에는 창녀의 낙인이 찍힐 것이다. (레어티스가 앞으로 다가가자 왕비가 가로막는다)

**왕**  왕비, 그의 손을 놓으시오. 왕은 신의 보살핌을 받는 법, 내게는 손끝 하나 댈 수 없다오. 도대체 이 같은 모반을 꾸민 이유가 뭐냐? 말해 봐라. 네가 이렇게 날뛰는 이유를 자세히 말해 봐. 내버려 둬요, 왕비!

**레어티스**  내 아버지는 어디 있소?

**왕**  돌아가셨다.

**왕비**  폐하가 하신 일이 아니다.

**왕**  묻고 싶은 대로 묻게 놔 두시오.

**레어티스**  어떻게 돌아가셨소? 날 속일 생각은 추호도 하지 마시오. 충성이고 뭐고 없으니까. 양심이나 신앙은 모조리 지옥에나 가버려! 나에겐 현세도 내세도 없소. 어떻게 된들 상관않겠소. 나는 다만 아버지를 위해서 철저히 복수하겠소.

**왕**  누가 자넬 막을 수 있겠나?

**레어티스**  내 의지는 세상 그 무엇도 막지 못한다. 어떻게든 수단을 강구하여 꼭 뜻을 이루고 말리라.

**왕**  그럼 네 아버지의 사인이 밝혀지면 상대가 누구건 상관없이 복수하겠다는 거냐?

**레어티스**  상대는 아버지의 원수일 뿐이다.

**왕**  그 원수를 알고 싶겠지?

**레어티스**  아버지 편이면 얼마든지 반기겠다. 자기 가슴의 피로 새끼를 기른다는 펠리컨처럼 내 피를 쥐어짜서라도 환대하겠소.

**왕**  옳거니, 이제야 진정 자식답고 신사다운 말을 하는구나. 난

네 아버지의 죽음과는 무관하다. 오히려 그 죽음을 마음속 깊이 애도할 뿐이다. 햇살이 눈에 비치듯 확실하게 너도 이 사실을 알게 될 것이다.

**군중**  (바깥에서) 이 여잘 들여보내라!

**레어티스**  웬일이냐, 왜 소란들이냐?

🌱 **오필리아 등장**

**레어티스**  아, 뜨거운 불길이여! 나의 뇌수를 태워 버려라! 눈물이여, 일곱 배나 더 짜서 시력을 없애 버려라! 널 이렇게 만든 원수는 뼈가 부서지는 한이 있어도 갚아 주마. 오, 5월의 장미였던 나의 누이 오필리아야! 오 하느님, 누가 이 소녀의 싱싱했던 마음을 노인의 목숨처럼 무너뜨렸습니까? 부모를 따르는 자식의 정은 묘한 법, 사랑하는 분을 위해 자신의 가장 고귀한 혼까지 바쳤구나.

**오필리아**  (노래한다) "얼굴도 덮지 않고 관에 떠메어 갔지. 헤이, 헤이, 무덤에는 눈물이 억수같이 쏟아지고……" 그대여 안녕, 나의 님!

**레어티스**  네가 제정신으로 복수를 조른다 해도 이처럼 내 가슴이 무너지진 않았을 것이다.

**오필리아**　(노래한다) “묘비는 젖어들고”라고 노래해요. 빙글빙글 도는 물레바퀴에 장단이 어울리네요! 주인집 딸을 훔친 그 하인은 나쁜 사람이에요.

**레어티스**　횡설수설하는 소리가 더욱 뼈아프게 들리는구나.

**오필리아**　(레어티스에게) 이것은 로즈마리, 저를 잊지 말라는 뜻이에요. 제발 저를 잊지 마세요. 이것은 팬지꽃, 저를 생각해 달라는 뜻이지요.

**레어티스**　미쳐서도 뼈 있는 말을 하는구나. 잊지 말아 달라니……

**오필리아**　(왕에게) 당신에겐 회향풀과 매발톱꽃을. (왕비에게) 당신에겐 지난날을 뉘우치는 이 회한의 꽃을 드릴게요. 저도 하나 가져야죠. 이 꽃은 안식일의 꽃이죠. 들국화도 있어요. 실은 당신에게 오랑캐꽃을 드릴까 했는데 몽땅 시들어 버렸답니다. 아버지가 임종하시던 날에요. 다들 끝이 좋았다고 하더군요. (노래) “귀여운 종달새가 내 모든 기쁨이라네.”

**레어티스**　저애한테 가면 슬픔도 번민도 지옥의 형벌까지도 아름답고 사랑스런 것으로 바뀌는구나.

**오필리아**　(노래한다) “다시 오지 않으실까. 다시 오지 않으실까. 망각의 강을 건너셨으니 다시는 오지 못하리라. 백설 같은 흰 수염, 삼단 같은 백발 나부끼면서 말없이 떠나시었네. 하느님 그분에게 축복을 내리소서.” 여러분의 영혼 위에도 축

복이 내리시길 하느님께 빌겠습니다. 안녕히. (퇴장)

**레어티스**  똑똑히 보았겠지, 저 꼴을?

**왕**  레어티스, 네 슬픔을 함께 나누자. 마다할 까닭은 없겠지. 자, 안으로 들어가서 누군가에게 우리 둘의 얘기를 듣고 판단해 달라고 하자. 네 친구라도 좋다. 만일 내가 이 사건에 티끌만큼이라도 관련된 사실이 밝혀지면, 이 왕국과 왕관, 목숨, 그리고 나의 전부를 너에게 넘겨주겠다. 그러나 아무런 관계가 없다는 것이 밝혀지면 그땐 힘을 합쳐, 너의 원한을 풀어 보자.

**레어티스**  좋소. 그렇게 하겠소. 내 아버지가 돌아가신 까닭과, 시신 위에 유품이나, 칼이나, 문장도 없이 격에 맞는 의식도 치르지 않고 초라한 장례를 치른 이유가 무엇인지 제가 그 진상을 규명하겠소.

**왕**  그래야지. 죄 있는 곳에는 응징의 철퇴를 내리쳐야지. 자, 함께 가자. (모두 퇴장)

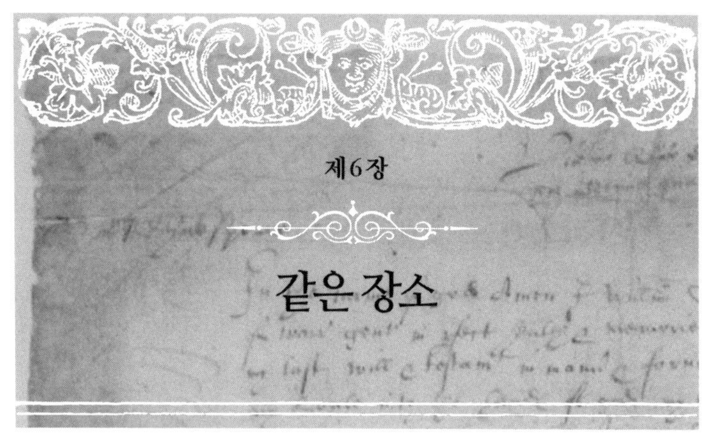

제6장

## 같은 장소

호레이쇼와 시종 등장

**호레이쇼**  누가 나를 만나고 싶다고 했소?

**시종**  선원들입니다. 전해 드릴 편지가 있답니다.

**호레이쇼**  들여보내시오. (하인 퇴장) (방백) 햄릿 왕자님 말고는 나
에게 편지를 전할 분이 없는데.

**선원 1**  문안드리옵니다.

**호레이쇼**  안녕하시오?

**선원 2**  네, 여기 나리께 드릴 편지가 있는뎁쇼. 영국으로 가던 사신께서 호레이쇼 나리란 분께 전하라 하셨습니다.

**호레이쇼**  (편지를 읽는다) "호레이쇼, 이 편지를 보거든 이 사람을 왕께 안내해 주게. 왕에게 보내는 편지가 있네. 우린 출범한 지 이틀도 채 안 되어 해적선의 추격을 받았다네. 우리 배는 속도가 너무 느려 서로 싸우다가 나 혼자만 포로가 되었지. 그러나 해적들은 나에게 호의를 베풀어 주었네. 물론 나를 미끼로 사용해 이득을 노리려는 수작이었지만. 여하튼 또 한 통의 편지가 왕의 손에 들어가도록 힘써 주게. 그러고 나서 급히 할말이 있으니 내가 있는 곳으로 와 주게. 아마 자네가 깜짝 놀랄 얘기야. 말로 하기에는 너무나 큰 사건이야. 선원들이 자네를 내가 있는 곳까지 안내해 줄 거야. 로즌크랜츠와 길든스턴은 영국으로 항해 중인데 그 친구들에 관해서도 할말이 태산 같다네. 아무튼 만나서 얘기하세. 잘 있게. 마음의 벗 햄릿." 날 따라오시오. 왕에게 안내해 줄 테니, 그리고 빨리 일을 끝내고 날 햄릿 왕자님께 안내해 주시오. 이 편지를 부탁한 사람에게로. (모두 퇴장)

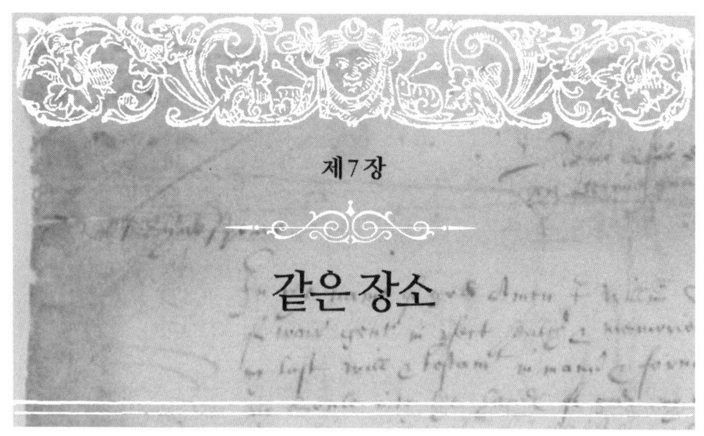

제7장

## 같은 장소

**왕**　자, 이제 혐의를 벗었으니 앞으로는 나와 한편이 되어야 한다. 너는 총명하니 잘 알아들었겠지만 네 선친을 살해한 자는 나의 목숨까지 노리고 있다.

**레어티스**　잘 알겠습니다. 그런데 어찌하여 그런 사악한 행위를 즉시 처벌하지 않으셨습니까? 마땅히 처벌 받아야 할 중죄가 아니옵니까? 폐하 자신의 안전과 권위, 지혜 등을 감안할 때 처벌을 내려야 했습니다.

**왕**  거기엔 두 가지 특별한 이유가 있네. 네겐 하찮게 보일지 몰라도 과인에겐 아주 중대한 이유지. 햄릿의 생모인 왕비가, 내 생명이며, 내 영혼인 왕비가 오로지 아들을 바라보는 걸 커다란 낙으로 삼고 있단 말일세. 별이 궤도를 벗어나면 움직일 수 없듯이 나도 왕비가 없으면 살아갈 수가 없네. 또 하나는 백성들이 햄릿을 몹시 사랑한다는 거야. 그들은 그의 결점까지도 사랑해. 마치 나무를 돌로 변질시키는 광천수처럼 그에게 족쇄를 채워도 오히려 장식인 것처럼 찬양해. 그러니 과인이 쏜 화살은 다시 부메랑처럼 표적에 닿지도 못한 채 내 손끝으로 돌아와 버리기 때문이야.

**레어티스**  그 바람에 저는 훌륭한 부친을 잃고, 단 하나밖에 없는 여동생은 실성하게 되었군요. 세상 사람들의 모범이 되던 여동생이 저 지경으로 될 줄이야! 이 원수를 반드시 갚고야 말겠습니다.

**왕**  그렇다고 밤잠을 설치지는 마라. 안심해. 나 역시 수염이 다 뽑히는 상황인데 무사태평한 멍청이는 아니니까. 나중에 자세히 얘기해 주마. 난 자네 부친을 무척 좋아했지. 내 자신을 아끼듯, 이 정도 얘기하면 자네도 알아듣겠지.

**왕**  무슨 일이냐? 무슨 전갈이라도?

**시종**  햄릿 왕자님으로부터 편지가 왔습니다. 국왕 폐하와 왕비 마마께 올리는 것입니다.

**왕**  햄릿으로부터? 누가 갖고 왔느냐?

**시종**  저는 만나 보지 못했습니다만 선원들이라고 합니다.

**왕**  레어티스, 자네도 들어 보게나. (시종에게) 물러가라. (시종 퇴장, 편지를 읽는다) "삼가 아뢰옵니다. 소자는 맨몸으로 폐하의 왕국에 상륙했습니다. 내일 폐하를 뵙도록 허락해 주소서. 허락해 주신다면 그때 불시에 귀국한 사정을 아뢰올까 합니다. 햄릿 올림." 이게 어찌된 영문이냐? 시종들도 함께 귀국했을까? 거짓 편지로 속이려는 것은 아니겠지?

**레어티스**  필체를 아십니까?

**왕**  햄릿의 필체가 맞아. '맨몸으로'라고 씌어져 있어. 자네가 생각하기에 어떻게 된 것 같은가?

**레어티스**  글쎄요. 올 테면 오라죠! 복수할 일을 생각하니 한결 마음이 가벼워집니다. 정면으로 맞서서 대결할 수 있으니까요.

**왕**  그렇다면 레어티스, 그가 어떻게 돌아왔는지 모르지만 자넨 과인의 지시를 따르겠는가?

**레어티스**  물론입니다. 화해하라는 분부만 아니라면, 좋습니다.

**왕** 자네 한을 풀어 주기 위한 것이네. 만일 그가 항해 도중에 영국으로 출항하지 않겠다고 우긴다면 그를 설득시켜 내 계획에 끌어들이는 거야. 오래전부터 생각해 온 일인데, 여기에 걸리기만 하면 그놈도 사망이지. 뿐만 아니라 그의 죽음에 대해서 아무도 비난할 수 없을 거야. 왕비 또한 진상을 알 턱이 없으니 사고라고 체념하겠지.

**레어티스** 폐하의 분부대로 따르겠습니다. 제가 폐하의 수족이 되어 움직일 수 있다면 그보다 기쁜 일이 어디 있겠습니까.

**왕** 좋아. 자네가 유학 간 뒤로도 자네의 그 솜씨에 대해 칭찬이 자자했지. 햄릿도 그 소문을 들어 알고 있어. 자네의 다른 재능에 비하면 아무것도 아닌데, 햄릿도 그 솜씨에 대해서만은 무척 부러워하더군.

**레어티스** 그 솜씨라뇨?

**왕** 그건 따지고 보면 젊음의 모자에 달린 빨간 리본 같은 거지. 하지만 없어서는 안 되는 것. 왜냐하면 젊은이에게겐 가볍고 어수룩한 복장이 부유함과 위엄을 나타내는 노인의 모피 의복만큼이나 어울리는 법이니까. 두 달 전에 프랑스 사람이 이곳에 왔었네. 지금까지 수많은 프랑스 인들을 만났고 싸워보기도 했지만, 그 사람이야말로 승마술에는 도사였어. 그 사람은 재주가 뛰어나더군. 마치 몸이 안장에 붙박혀 있는 듯했어. 어찌나 신기한 재주를 부리는지 인마일체, 마치 말의 본성을 반쯤 물려받은 것같이 보이더군. 실로 상상도 못할 정도로 묘기를 부렸지.

**레어티스** 노르망디 사람이라고 하셨나이까?

**왕** 그렇다.

**레어티스** 그럼 레이몬드인가 봅니다.

**왕** 바로 그 사람이다.

**레어티스** 그 사람이라면 저도 잘 알고 있습니다. 그 사람이야말로 프랑스의 꽃이요, 보석입니다.

**왕** 그런데 그 사람은 자네의 솜씨를 극구 칭찬하더군. 자네가 검술에 매우 능숙하다는 거였네. 자네와 승부를 겨룰 수 있는 사람이 있다면 그 시합은 볼 만한 구경거리가 될 거라고 하더군. 프랑스 검객들도 자네와 상대할 사람은 하나도 없을 거라고 장담했지. 이 말을 듣고 있던 햄릿은 금세 질투심에 사로잡혀 자네가 하루 속히 귀국하기를 바라는 눈치였어. 그래서 말인데 이것을 이용해서…….

**레어티스** 이용해서 무엇을 하란 말씀이십니까?

**왕** 자네는 선친을 진정 사랑하고 있겠지? 그렇지 않다면 그림 속의 눈물처럼 겉치레로만 울상을 짓는 것일 테니까.

**레어티스** 어째서 그런 질문을 하십니까?

**왕** 나 역시 자네가 선친을 진정으로 사랑하지 않았다고는 생각지 않네. 그럴 리가 없지. 그러나 사랑도 다 때가 있는 법 아

닌가. 적당한 때야말로 사랑의 불꽃을 강화시키기도 하고 약
화시키기도 하지. 무슨 일이든 항상 최상의 상태를 유지할
수는 없는 것이다. 좋은 일도 막바지로 치달으면 쉽게 기우
는 법. 따라서 일단 마음먹은 것은 즉시 실행에 옮겨야 해.
조금 지나면 하고픈 마음도 해야 한다는 결심 자체도 변하니
까. 세상 사람들의 말, 행동 또는 여러 가지 사건으로 약해지
고 흔들리기 때문이지. 그래서 이 같은 결심은 과용하는 한
숨처럼 토해 낼 때마다 상쾌하지만 몸에는 해로운 법이지.
어쨌거나 이보다 중요한 것은 햄릿이 돌아오는데 자네는 어
떻게 하겠느냐 하는 거야. 자식된 자의 도리를 진정 보여줄
때가 온 것 같으니 말야.

**레어티스**　설령 교회 안이라도 당장 그의 목을 자를 것입니다.

**왕**　아무리 신성한 장소라도 살인죄는 없어지지가 않지. 복수를
하는데 때와 장소를 가리겠느냐. 그러나 레어티스, 자네는
집안에만 틀어박혀 있거라. 햄릿이 돌아오면 자네의 귀국을
알릴 테니. 그리고 자네의 탁월한 솜씨를 극구 칭찬하지. 프
랑스 사람이 얘기한 데다 더욱 초칠을 하여 광을 내야지. 그
래서 햄릿이 대결에 나설 수 있도록 할 테니까. 햄릿은 낙관
적이고 대범하며 술책이라는 것을 전혀 모르지. 자네는 끝이
아주 날카로운 칼을 집어 들면 돼. 그것으로 능숙하게 한 번
만 찌르면, 자네 선친의 원수를 갚을 수 있을 거야.

**레어티스**  그렇게 하겠습니다. 그리고 기왕이면 칼끝에 독을 발라 놓겠습니다. 약장수로부터 독약을 사둔 게 있는데 아주 치명적입니다. 지독하죠. 달밤에 채취한 명약이라 해도 이 독약을 해독할 수는 없을 것입니다. 피부가 살짝 긁히기만 해도 효과가 있습니다. 이 독약을 칼 끝에 발라 놓겠습니다. 닿기만 해도 그놈은 끝장입니다.

**왕**  그 점에 대해선 좀 더 신중히 생각해 보자. 어떻게 해야 우리의 계획이 이루어질 수 있는지. 만일 그 일이 실패해 우리의 계획이 탄로날 바엔 처음부터 그만두는 편이 나을 것 아니냐. 따라서 일이 실패할 경우를 대비해 차선책을 강구해야 해. 자, 그렇지! 격렬하게 싸우다 보면 목이 타겠지. 그렇게 되면 그는 물을 청할 것이고, 그때 준비해 두었던 잔을 내미는 거야. 한 모금만 마시면, 요행히 독검을 피했다 하더라도 우리의 목적은 달성되겠지. 그런데 가만 웬 소동이냐? 왕비, 무슨 일이오?



**왕비**  불행한 일이 꼬리를 물고 일어나는군요. 레어티스, 네 동생이 물에 빠져 죽었다는구나.

**레어티스**  물에 빠져 죽었다고요! 어디서요?

**왕비**  버드나무가 비스듬히 서 있는 시냇가에서. 그곳에 미나리아재비, 쐐기풀, 실국화, 자란 따위를 섞어 만든 이상한 화관을 쓰고 나타났다는 거야. 자란에 대해서는, 음담패설 좋아하는 목동들은 상스런 이름으로 부르지만, 얌전한 처녀들은 그것을 죽은 사람의 손가락이라고 부르지. 그애가 화관을 걸려고 버드나무 가지에 올라갔다가 가지가 부러져 그만 화관과 함께 시냇물에 빠지고 말았다는 거야. 그런데도 그 애는 옷자락을 활짝 펼친 채 인어처럼 잠시 물 위에 떠 있었대. 마치 자신이 위험에 처했다는 걸 모르는 사람처럼 찬송가를 부르면서 누워 있었다는 거야. 마치 물에서 태어나 그곳에서 사는 생물처럼. 하지만 그것도 잠깐이었겠지. 마침내 옷에 물이 스며들어 아름다운 노랫소리도 사라지고 물속으로 휘말려 들어가 죽고 말았다는구나.

**레어티스**  그렇게 해서 빠져 죽었군요.

**왕비**  그래, 죽고 말았다.

**레어티스**  가여운 오필리아, 그만하면 물은 이제 지긋지긋할 테니 난 더 이상 눈물은 흘리지 않으마. 그러나 사람의 정이란 어쩔 수 없는 것, 흐르는 눈물은 막을 수가 없구나. 염치고 뭐고 가릴 게 뭐냐. 실컷 울고 나면, 나약한 내 마음도 사라지겠지. 폐하, 소신은 이만 물러갑니다. 불덩이처럼 분노가 타

오르지만, 지금은 어리석은 눈물 때문에 아무 말도 할 수가 없군요. (퇴장)

**왕** 뒤쫓아갑시다. 저 애의 분노를 진정시키느라 내가 얼마나 애썼는데……. 그런데 다시 이 일이 저 애의 마음을 뒤집어 놓았소. 자, 뒤를 따라가야겠소. (왕과 왕비, 레어티스를 쫓아간다)

제 5 막

William Shakespeare

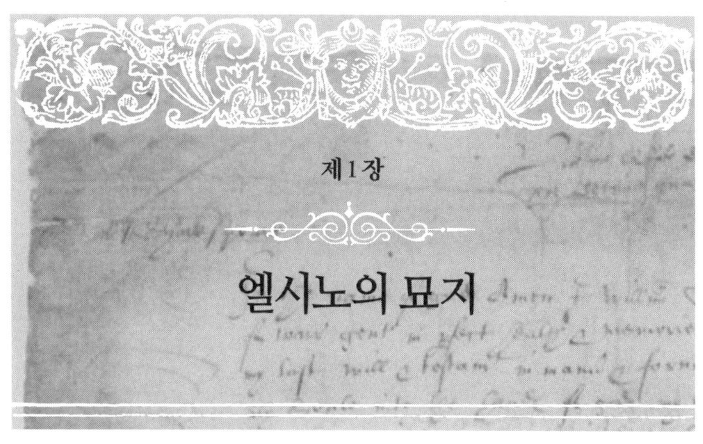

제1장

# 엘시노의 묘지

🍂 **어릿광대인 인부 두 명이 삽과 곡괭이로 무덤을 파고 있다**

**광대 1** 이봐, 이렇게 기독교식으로 장사를 치러 주어도 될까? 자살한 사람인데 말야.

**광대 2** 그렇대두. 그러니 어서 파기나 하게. 검시관이 조사하고 허락을 했다지 않은가.

**광대 1** 이건 말이 안 돼. 자기를 지키려고 물속으로 뛰어든 것도 아니잖아.

**광대 2**　아무튼 판정은 그렇게 났네.

**광대 1**　그렇다면 이건 정당한 행위인 듯싶네. 즉, 내가 일부러 물에 뛰어들었다면 그건 하나의 행위가 되지. 그런데 행위는 세 가지로 나뉘거든. 행동과 실천과 수행이지. 그러니까 이 여자는 일부러 빠져 죽은 거라 이 말이지.

**광대 2**　어쨌거나 잔말 말고 땅이나 파…….

**광대 1**　내 말 좀 들어 보라니까. 여기 물이 있단 말이야. 좋아, 한 사람이 서 있어. 그것도 좋아. 그런데 그 사람이 물로 걸어가 빠져 죽으면, 그건 좋든 싫든 제 발로 가는 거야. 명심하라구. 그렇지만 물이 사람에게 덮쳐 익사시키면 그건 자살이 아니지. 자기 목숨을 스스로 끊은 죄가 없다 이 말이야.

**광대 2**　그게 바로 법이 아닌가?

**광대 1**　그래, 그게 바로 검시관의 법이라네.

**광대 2**　자네 진실을 알고 싶은가? 어쨌거나 이 여자가 귀족 가문이 아니었다면, 격식을 차린 매장은 어림도 없었다구.

**광대 1**　얼씨구. 제법이군. 하긴 평민들보다 귀족들이 목 매달고 물에 빠져 죽는 것도 편리하게 되어 있지. 뭐, 솔직히 말해서 버젓한 귀족 가문 치고 그 조상들이 정원사나 산역꾼, 도랑 치기 따위의 일을 하지 않은 경우는 없었잖아. 한마디로 아담의 직업을 이어받았다고 할 수 있지. (무덤 구멍으로 들어간다)

**광대 2**  아담도 귀족이었던가?

**광대 1**  물론이지. 세상에서 가장 먼저 삽을 든 귀족이었지.

**광대 2**  빈손이었잖아.

**광대 1**  자네 이교도야? 성경을 어떻게 읽고 하는 말이야? 아담이 땅을 팠다고 성경에 나와 있잖아. 삽이 없었으면 어떻게 땅을 팠겠어? 자네에게 질문 하나 더 하지. 혹시 제대로 못 맞추겠거든 실토하게.

**광대 2**  해 봐.

**광대 1**  조선 기술자나 석수장이나 목수보다도 물건을 더 튼튼하게 만들 수 있는 사람이 누군 줄 아는가?

**광대 2**  물어보나 마나 교수대 만드는 놈이지. 1,000명이 그걸 쓴다 해도 끄떡없잖아.

**광대 1**  흠! 그럴 듯하군. 자네 말대로 교수대는 정말 튼튼하지. 그 때문에 악질들을 목 조르는 데는 그만이야. 하지만 교수대가 교회보다 더 잘 만들어졌다고 말하진 않겠지? 교수대는 자네 목을 매달기에도 안성맞춤이니까. 자, 다시 대답해 보게.

**광대 2**  누가 조선공이나 석수장이, 목수보다 물건을 더 튼튼하게 만드느냐고?

**광대 1**  그래, 어서 대답하고 끝내세.

**광대 2**  그래! 이제 알았네.

광대 1  말해 보게.

광대 2  음, 아니야. 역시 모르겠는걸.

광대 1  됐네. 바싹 마른 대가리를 행주 짜듯이 머리를 쥐어짤 건 없다네. 아무리 채찍질한다 해도 둔마가 빨리 달릴 순 없지. 내 정답을 말해 주지. 정답은 바로 우리처럼 무덤 파는 사람들이라네. 우리가 파놓은 집은 이 세상이 끝장나도 끄떡없을 거거든. 자, 이제 자네는 주막집에 가서 술이나 한 통 받아오게. (광대 2 퇴장)

### 햄릿과 호레이쇼, 묘지로 접근. 햄릿은 항해 때의 차림새 그대로다

광대 1  (땅을 파며 노래한다) "젊은 시절엔 모든 게 달콤했었지. 당장 죽어도 여한이 없을 만큼 사랑도 하고. 하지만 이리 늙고 보니 모든 게 허망한 꿈이 되었다네."

햄릿  저 작자는 무덤을 파면서도 콧노래를 흥얼거리는군.

호레이쇼  습관이 돼서 아무렇지도 않은 모양이지요.

햄릿  하긴 쓰지 않는 손이 더 예민한 법이지.

광대 1  (노래한다) "어느새 다가온 백발의 세월에 휘감긴 이 몸. 눈물의 저승길은 눈앞에 있는데, 꿈 같은 시절은 어디로 갔

느냐." (해골을 들어올린다)

**햄릿**  저 해골에도 한때는 혓바닥이 있어 노래를 불렀겠지. 저 작자, 무슨 카인의 턱뼈라도 다루듯이 해골을 마구 내던지는 군. 지금 저 바보 같은 위인에게 천대받는 저 해골의 주인공 은 한때 잘 나가는 정치가였을지도 모르지. 안 그래?

**호레이쇼**  그랬을지도 모르죠.

**햄릿**  아니면 궁정의 아첨꾼이었는지도 모르고 그는 떠벌렸겠지. '폐하, 안녕하셨사옵니까? 기분이 어떠신지요?' 아니면 아무 개 장군의 말이 탐나 '그 말 참 멋지군' 하고 칭찬을 늘어놓 았겠지. 안 그런가?

**호레이쇼**  예, 그럴지도 모르죠.

**햄릿**  틀림없이 그럴 거야. 하지만 지금은 구더기의 밥이 되고 산 역꾼들의 삽날에 얻어맞는 신세가 되었군. 눈에 뵈지 않아 서 그렇지 참으로 오묘한 변화야! 인간의 유골이 던지고 노 는 놀잇감의 값어치밖에 안 된단 말인가? 그 생각만 해도 머 리가 지끈지끈 아프구나.

**광대 1**  (노래한다) "곡괭이 한 자루에 삽 한 자루, 그리고 수의 한 벌. 오호라! 이건 손님들을 모시기에 딱 그만인 무덤이군." (또 하나의 해골을 들어올린다)

**햄릿**  저기 또 하나 나왔군. 이번 것은 변호사의 해골일지도 모 르네. 온갖 궤변과 술책, 소송과 판례는 모두 어디로 갔는가?

무식한 작자에게 골통을 얻어맞으면서도 폭행죄로 소송을 걸겠다는 말조차 못 하는군. (해골을 손에 들고) 홍, 이 녀석은 부동산업자였는지도 모르겠군. 땅 투기니 담보증서니 토지 양도 소송이니 하면서 온갖 술수를 부리고 다녔겠지. 하지만 그 결과 뭐가 남았는가. 머리통 속에 이렇게 진흙만 가득 차 있는 걸! 그리고 이제 증인이 보증할 수 있는 것이라곤 겨우 계약서 두 통뿐인가. 이중으로 썼다 해도 말이야. (해골을 가볍게 두드리며) 땅을 집어삼킨 이자에게 결국 남은 건 이 골통밖에 없지 않느냐 말야, 안 그래?

**호레이쇼**  정말 골통밖에 남은 게 없군요.

**햄릿**  토지 매도 증서는 양가죽으로 만들지?

**호레이쇼**  송아지 가죽으로 만든 것도 있습니다.

**햄릿**  그 따위 증서들을 믿는 놈들은 양이나 송아지와 진배없어. 저 작자한테 말 좀 붙여봐야겠다. (앞으로 나서며) 여보게, 이건 누구의 무덤인가?

**광대 1**  제 무덤입니다요. (노래한다) "흙으로 돌아가서 흙 속에 누웠네. 흙집이 손님께 꼭 맞지요."

**햄릿**  그 안에 들어가 있는 걸 보니 정말로 자네 것이겠군.

**광대 1**  맞습니다요. 나리는 밖에 계시니까 분명 나리 것은 아니죠. 저는 거짓말을 모릅니다요. 그러니 이것은 제 것이죠.

**햄릿**  그 속에 있으니 자기 무덤이라니, 말도 안돼. 무덤은 죽은 자의 것이니까. 그러니 네 말은 거짓이렷다.

**광대 1**  이런 걸 새빨간 거짓말이라고 하죠. 다시 나리 차례입니다.

**햄릿**  자네가 파고 있는 것은 어떤 남자의 무덤인가?

**광대 1**  남자가 아닌뎁쇼.

**햄릿**  그럼 어떤 여자인가?

**광대 1**  여자도 아닙지요.

**햄릿**  그럼 누구의 묘를 파고 있느냐?

**광대 1**  살아생전엔 여자였지만 지금은 혼령이 된 자의 무덤입니다.

**햄릿**  정말 까다로운 놈이군! 허투루 말을 걸었다간 말꼬리가 잡혀 그야말로 곤욕을 치르겠어. 호레이쇼, 지난 3년 동안 내내 느껴온 것이지만 신분 고하가 무너지려 하니 정말 말세야. 이봐, 무덤 파는 일은 언제부터 해왔나?

**광대 1**  소인이 이 일에 처음 손을 댄 날은 바로 선대 햄릿 왕께서 포틴브라스를 무찌르던 날이었지요.

**햄릿**  그게 언제인데?

**광대 1**  천하의 바보들도 다 아는 날인데, 그걸 물으시다뇨. 바로 햄릿 왕자님께서 태어나던 날입니다요. 지금은 미쳐서 영국으로 유배를 갔지만 말이죠.

**햄릿**  왜 유배를 갔다던가?

**광대 1**  그야 미쳤으니 그렇지요. 거기 가면 제정신을 차리겠지만, 못 차린다 해도 거기서라면 상관 없죠.

**햄릿** 왜 미쳤다던가?

**광대 1** 그게 참 소문이 이상하더군요.

**햄릿** 어떻게 이상한데?

**광대 1** 이상하다는 건 머리가 돌았다는 거죠.

**햄릿** 그 원인이 어디 있는데?

**광대 1** 어디는 어디겠어요? 이 덴마크 땅이죠. 저는 이곳에서 산
역꾼을 30년 동안이나 하고 있습니다요.

**햄릿** 시체는 무덤 속에 얼마나 있으면 썩지?

**광대 1** 어떤 놈은 죽기 전부터 썩는 고약한 경우도 있지요. 요즘
엔 매독에 걸려 죽은 놈이 많아서요. 그런 놈들은 장례식까
지 버티지 못하고 썩어 버리죠. 하지만 대부분은 8, 9년은 족
히 갑니다요. 가죽 장수의 시체는 9년까지 간다고 장담할 수
있습죠.

**햄릿** 가죽 장수는 어째서 더 오래가는가?

**광대 1** 그야 직업 덕분에 살가죽이 두꺼워져 물기가 스며들지 않
기 때문이죠. 물이라는 게 망할 놈의 시체를 썩게 하는 데에
는 그만이거든요. (해골을 하나 집어들고) 또 하나 나오는군.
이 해골바가지도 땅속에 묻힌 지 23년이나 된 것이죠.

**햄릿** 누구의 것인가?

**광대 1** 미친놈이죠. 염병에나 걸려 뒈질 놈! 언젠가 제 머리에 포도
주를 통째로 들이붓던 작자지요. 폐하의 광대 요릭 말입니다.

**햄릿** 이게?

**광대 1** 그렇다니까요.

**햄릿** 어디 좀 보여다오. (해골을 손에 들고) 아, 불쌍한 요릭! 호레이쇼, 이자는 둘째가라면 서러울 재담꾼이었다네. 나를 언제나 등에 업고 다녔는데, 지금 이 꼴을 보니 소름이 끼치네. 여기쯤 내가 수없이 입맞춤했던 입술이 달려 있었겠지. 모두를 웃게 만들던 너의 익살, 광대춤, 노래는 어디로 갔느냐? 이를 드러낸 해골 바가지, 너는 내 꼴을 비웃지도 못하겠구나. 그래, 요릭! 귀부인들의 방으로 가서 한바탕 지껄이거라. 분가루를 한껏 처발라도 결국은 이 꼴을 면치 못한다고 말이다. 가서 귀부인들을 웃겨라. 여보게, 호레이쇼, 말 좀 해 보게.

**호레이쇼** 무얼 말씀입니까?

**햄릿** 알렉산더 대왕도 땅속에서 이런 꼴이 되었겠지?

**호레이쇼** 그럴 테죠.

**햄릿** 이렇게 냄새 나고! 퉤! (해골을 땅에 놓는다)

**호레이쇼** 물론입니다.

**햄릿** 호레이쇼, 인간은 죽어서도 천대를 받는구나! 알렉산더 대왕의 거룩한 유해도 결국 한줌 흙이 되어 술통 마개가 될지도 모를 일이 아닌가?

**호레이쇼** 그렇게까지 비약하시는 것은 좀 지나치신 듯합니다.

**햄릿** 아니, 조금도 지나치지 않아. 말하자면 이런 거야. 알렉산

더 대왕이 죽어 땅속에 묻힌다, 그래서 결국 흙이 되고, 흙은 진흙이 되고. 그래서 알렉산더 대왕이 결국 술통 마개가 될 수도 있다, 그 말이야. 황제 시저도 죽어 흙이 되어 벽의 구멍 막는 바람막이가 되었을지도 몰라. 아, 한때 세상을 호령하던 그 사람들이 고작 흙이 되어 모진 겨울바람 막는 흙담이 되다니! 쉿, 저기 왕이 오는구나.

🐚 **장례식 행렬 등장. 뚜껑 없는 관 속에는 오필리아의 유해가 들어 있고, 그 뒤로 레어티스, 왕, 왕비, 궁신들, 그리고 사제가 뒤따르고 있다**

**햄릿** 왕비와 궁신들도 오고 있군. 누구의 장례식인지 저렇게 초라한 걸 보니 스스로 목숨을 끊었나 보군. 하지만 신분은 상당히 높았던 모양이다. 잠시 숨어서 살펴보자. (햄릿과 호레이쇼, 나무 뒤에 숨는다)

**레어티스** 의식은 이것뿐입니까?

**햄릿** 저건 레어티스라네. 훌륭한 청년이지. 잘 보게.

**레어티스** 의식은 이게 다란 말입니까?

**사제** 교회의 법규가 허락하는 한 최대한 정중한 의식으로 모신 겁니다. 의심쩍은 죽음이었기에 왕의 칙명으로 관례를 깨뜨렸으니 망정이지 그렇지 않았다면 분명 최후의 심판날까지 부정한 땅에 매장되었을 겁니다. 그리고 자비로운 기도 대신 사금파리나 돌멩이를 던져 넣었겠죠. 그러나 이번에는 처녀에게 어울리는 꽃 장식에다 특별히 조종까지 울리며 명복을 비는 것을 허용했습니다.

**레어티스**  그럼 그 이상의 의식은 할 수 없단 말이오?

**사제**  더 이상은 할 수 없습니다. 평화롭게 세상을 떠난 사람의 장례처럼 진혼가를 부르며 미사를 드린다면 신성한 장례 의식을 모독하는 일이 됩니다.

**레어티스**  좋다, 관을 내려라. 아름답고 깨끗한 저 애의 몸에서 오랑캐꽃이 피어날 것이다. (관이 무덤 속에 내려진다) 야박한 사제여, 내 말을 듣거라. 네놈이 지옥에서 울부짖고 있을 때쯤 내 여동생은 하늘의 천사가 되어 있을 거다.

**햄릿**  아, 아름다운 오필리아가!

**왕비**  (관 위에 꽃을 뿌리면서) 아름다운 처녀에게는 아름다운 꽃을! 고이 잠들거라. 널 햄릿의 아내로 삼아 신방을 꽃으로 장식해 주고 싶었는데, 무슨 연유로 너의 무덤 위에 꽃을 뿌리고 있구나.

**레어티스**  아, 이 재앙이 30배가 되어 저주스러운 그놈의 머리 위에 쏟아져라. 섬세하고 영리한 너의 감각을 미치게 만든 그놈에게! 잠깐만, 멈추어라. 한 번만 더 이 팔로 동생을 안아

보자. (무덤 속으로 뛰어든다) 자, 이젠 흙을 덮어라. 산 사람과 죽은 사람의 머리 위에 똑같이 흙을 덮어라. 저 펠리안 산보다도 높이, 하늘을 찌르는 푸른 올림포스 산보다 더 높이 흙을 쌓아 올려라.

**햄릿**　(앞으로 나선다) 도대체 저토록 요란스럽게 한탄하는 자는 누구냐. 저기 슬픔을 가장해서 아우성치고 있구나. 저토록 목소리를 돋우어 떠들어대는 소리에 하늘을 떠도는 별들도 놀라 넋을 잃을 것 같구나. 저자는 도대체 누구냐? 난 덴마크의 왕자 햄릿이다. (무덤 속으로 뛰어든다)

**레어티스**　이놈, 지옥에나 떨어질 놈! (햄릿의 멱살을 움켜쥔다)

**햄릿**　무엄하구나. 이 손 놓지 못할까! 비록 나는 화낼 줄도 모르고 난폭하지도 않다만 무슨 일을 저지를지 모르니 이걸 순순히 놓는 게 좋을 거다. 이 손 놓아라.

**왕**　둘을 뜯어 말려라.

**왕비**　햄릿, 햄릿!

**모두들**　자, 두 분!

**호레이쇼**　진정하세요, 왕자님.

궁신들, 두 사람을 떼어놓자 둘은 무덤 밖으로 나온다

**햄릿**　내 눈에 흙이 들어간다 해도 이 문제만은 그냥 넘어가지 않겠다.

**왕비**　햄릿, 이 문제라니 그게 뭐냐?

**햄릿**　나는 오필리아를 사랑했다. 오빠가 4만 명이나 되어 그 사랑을 몽땅 합친다 해도 내 사랑에는 미치지 못할 것이다. 너 따위가 도대체 오필리아에게 뭘 할 수 있단 말이냐?

**왕**　레어티스, 그는 미친 사람이니 개의치 말아라.

**왕비**　제발 좀 가만히 있어요.

**햄릿**　말해 봐, 이놈아. 도대체 뭘 해줄 수 있는지. 울 거냐, 싸울 거냐, 굶어 죽을 거냐. 네 옷을 갈기갈기 찢을 거냐? 식초를 마시겠느냐? 악어를 집어삼키겠느냐? 그 따위 짓은 나도 얼마든지 할 수 있다. 네놈이 산 채로 묻히겠다면 나도 그렇게 하마. 뭐 산을 쌓으라고? 온 세계의 산을 무너뜨려 산을 쌓아 봐라. 그래서 산봉우리가 태양에 닿을 때까지, 옷사 산의 산봉우리가 한 점 사마귀로 보일 때까지 쌓아 올려라. 네가 고함을 지르겠다면 나도 너 못지 않게 고래고래 지를 수 있다.

**왕비**　레어티스, 지금은 쟤가 발작해서 소란을 피워 대지만, 곧 진정할 거야. 암비둘기가 황금빛 새끼를 깔 때처럼 얌전해지겠지.

**햄릿**　이봐, 레어티스. 날 이렇게 대하는 이유가 뭔가? 난 자네를 좋아했네. 하긴 이젠 쓸데없는 말이 되었지만. 헤라클레스가

아무리 힘을 쓴다 해도 고양이는 여전히 야옹거릴 것이요,
개는 멋대로 놀아날 테니까. (퇴장)

**왕** 호레이쇼, 왕자의 뒤를 따라가 주게. (호레이쇼 퇴장, 레어티스
에게 소곤댄다) 꾹 참게나. 간밤의 얘기는 잊지 않았겠지? 곧
일을 착수해야겠다. 왕비, 당신 아들을 단속하시오. 이 무덤
에는 기념비를 세우리라. 머잖아 평화의 날이 오겠지. 그때
까지만 참고 일을 진행해야지. (모두 퇴장)

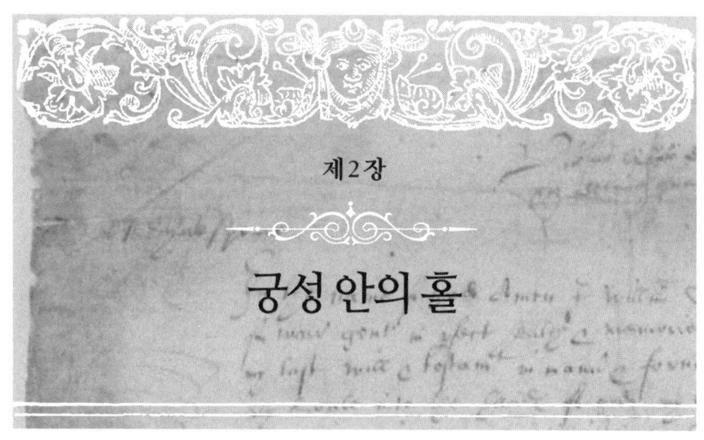

제 2 장

# 궁성 안의 홀

🍂 **햄릿, 호레이쇼와 이야기를 나누며 등장한다**

**햄릿**  이 얘기는 이쯤 해 두고 다음으로 넘어가세. 그 당시 상황
은 자네도 기억하고 있겠지?

**호레이쇼**  물론입니다, 왕자님!

**햄릿**  마음속에서 갈등이 일어 밤잠을 설쳤지. 반란죄로 붙잡혀
족쇄를 찬 선원들보다 더 비참했어. 성급하게 행동하긴 했지

만 이번 일은 오히려 가상한 일이 되었네. 치밀한 계획이 실패로 돌아가면 때론 무모한 행동이 대신 도움을 준다네. 우리 인간이 아무리 일을 엉성하게 꾸며도 일을 마무리 짓는 것은 하늘의 섭리라는 걸 알 수 있지.

**호레이쇼**  그건 확실히 그렇습니다.

**햄릿**  난 선실에서 빠져나가 선원용 외투를 걸치고 어둠을 틈타 바라던 것을 손에 넣었으니 꾸러미를 빼내 내 방으로 돌아왔다네. 아주 대담한 일이었지. 그리고 불길한 생각이 들어 예절도 잊은 채 그 친서의 봉인을 뜯어보았지. 그렇게 해서 왕의 무서운 흉계를 알게 된 거야. 왕의 추상 같은 명령이라며 엉터리 수작을 많이 늘어놓았더군. 글쎄 나에 대해 덴마크 왕뿐만 아니라 영국 왕의 목숨까지도 위태롭게 하는 인물이라고 써 놓았더군. 편지를 읽는 즉시 도끼로 내려치라고 써 있었네.

**호레이쇼**  그럴 수가?

**햄릿**  이것이 그 친서니 틈이 나면 읽어 보게. 그다음에 내가 어떻게 했는지 아나?

**호레이쇼**  말씀해 주십시오.

**햄릿**  극악무도한 흉계에 휘말리고 보니 내 머리가 저절로 극을 짜내기 시작하더군. 나는 책상머리에 앉아 새로운 친서를 쓰기 시작했지. 아주 정서했어. 어쨌든 개막사도 하기 전에 연

극이 시작된 셈이었지. 한때는 나도 정갈한 필체를 우습게
여겨 배우기 싫어했지만, 배워 둔 글씨가 요긴하게 쓰였다네.
한번 들어보겠나, 내가 위조한 친서를?

**호레이쇼**  예, 왕자님.

**햄릿**  왕의 친서답게 우선 최대한 격식을 갖추었네. 영국은 덴마
크의 충실한 속국이니만큼이라든가, 양국 간의 우의가 종려
나무처럼 날로 번창하길 바라느니만큼이라든가 등 그 밖에
도 '니만큼'이란 문구들을 수없이 나열한 뒤 이 친서를 읽는
즉시 1초도 주저하지 말고 이 친서를 지참한 자들을 사형에
처하되 참회의 기회할 시간도 주지 말라고 썼지.

**호레이쇼**  봉인은 어떻게 하셨습니까?

**햄릿**  아, 그것 역시 하느님께서 도와주셨지. 마침 선왕의 인감이
주머니에 들어 있었거든. 현재 덴마크의 옥새와 똑같은 인감
말야. 나는 똑같이 서명을 하고 봉인한 뒤 아무도 눈치채지
못하도록 본래의 장소에 갖다 두었어. 그런데 바로 그다음날
해적의 습격을 받은 거야. 그 이후의 일은 자네도 이미 알고
있는 바 대로이고.

**호레이쇼**  그렇다면 길든스턴과 로즌크랜츠는 죽겠군요?

**햄릿**  그야, 자청해서 달라붙었으니 양심의 가책을 추호도 느끼
지 않네. 아첨꾼들에겐 마땅한 징벌이지. 강자들 사이에 불
꽃 튀는 싸움이 오가는 판에 그 따위 하찮은 작자들이 끼여

드는 건 위험한 일이야. 강자들 사이에 불꽃 튀는 싸움이 오가는 판인데 말야.

**호레이쇼**  왕으로서 그런 짓을 저지르다니!

**햄릿**  이쯤 되었는데도 물러서야 하겠는가? 아니지. 그놈은 선친을 살해했고, 어머니를 더럽혔고, 또 내 목숨까지 빼앗으려고 했네. 그런 놈을 이 손으로 처치하는 것은 당연해. 벌레 같은 그런 인간을 방임해 악행을 계속하도록 할 수는 없어. 그 방임이야말로 죄악이고말고.

**호레이쇼**  얼마 안 있어 영국으로부터 소식이 오겠군요.

**햄릿**  그러겠지. 그때까지 시간은 내 차지네. 인생이란 어차피 눈 깜짝하는 사이에 끝나는 것 아닌가? 여보게 호레이쇼, 레어티스한테 사과해야겠네. 그만 흥분해서 이성을 잃었던 탓이지. 내가 일을 당하고 보니 그의 심정도 알 것 같아. 화해를 청해야겠어. 갑자기 슬픔을 과장하는 걸 보니 그만 울화가 치밀어올라 나도 모르게 그랬네.

**호레이쇼**  쉿, 누가 옵니다.


### 젊은 궁신 오즈릭 등장


**오즈릭**  (모자를 벗고 절하며) 왕자님의 귀국을 충심으로 환영합니다.

**햄릿**  고맙소이다. (호레이쇼에게 귓속말로) 자네, 이 쇠파리 같은 놈이 누군지 아나?

**호레이쇼**  (햄릿에게 귓속말로) 모르겠는데요.

**햄릿**  (호레이쇼에게 귓속말로) 그거 다행이군. 저놈은 아는 것만으로도 화근이 되지. 짐승을 많이 부려 귀족이 된 수다쟁이로 땅도 많아. 모두 비옥한 땅이지. 아무튼 저 녀석의 여물통이 왕의 식탁에까지 점령한 상태지.

**오즈릭**  (다시 절하며) 왕자님, 지금 시간이 있으시다면 폐하의 분부를 전해 올릴까 합니다.

**햄릿**  좋소. 말해 보시오. (오즈릭, 절을 하며 모자를 내흔들자) 모자는 모자답게 쓰시오. 그건 머리 위에 얹는 것이 아니오?

**오즈릭**  그렇습니다만 하도 더워서요.

**햄릿**  아니, 북풍이 불어 그런지 몹시 추운걸.

**오즈릭**  예, 사실은 소름이 돋을 정도로 매우 춥군요.

**햄릿**  무슨 소리야? 날씨가 아주 찌는 듯 덥구먼.

**오즈릭**  왕자님 말씀대로 굉장히 더운 날씨군요. 다름 아니라 국왕 폐하께서 왕자님을 위해 굉장한 내기를 거셨습니다. 내기의 내용은…….

**햄릿**  잊지 말라니까. (모자를 쓰라고 손짓한다)

**오즈릭**  왕자님, 제 편의를 봐 주시지요. 그분은 빈틈없는 신사이며, 뛰어난 기예 솜씨도 한두 가지가 아니고, 풍채도 당당해 신사도의 표본이요, 지침서라 할 수 있지요. 다시 말해 신사로서 갖추어야 할 품격을 모두 갖추고 있는 분이지요. 레어티스 님이 귀국하셨습니다.

**햄릿** 그대가 찬사를 늘어놓으니 그로서도 손해 볼 일은 없겠구려. 하지만 재고품 정리하듯 나열해 댄다면 머리가 어지러워 아무리 빠른 돛을 달고 쫓아가도 놓치기 십상이겠군. 사실대로 말하자면 그자가 큰 인물임에는 분명해. 그의 귀중한 천품은 비추는 거울밖에 견줄 자 없고 그의 그림자밖에 따를 자 없지.

**오즈릭** 왕자님, 참으로 옳으신 말씀입니다.

**햄릿** 말하려는 취지가 뭐요? 그 신사를 그토록 조잡한 말로 욕보이는 이유가 뭐냔 말이오?

**오즈릭** 네?

**호레이쇼** 좀 더 쉬운 말로 설명할 수 없겠소? 분명 그렇게 할 수 있을 터인데.

**햄릿** 도대체 그 신사를 거론하는 이유가 뭐요?

**오즈릭** 레어티스에 관한 말씀이신가요?

**호레이쇼** (햄릿에게 귓속말로) 저자의 이야기 주머니가 벌써 텅 비어 버렸나 보군요. 금싸라기 미사여구가 바닥났나 봐요.

**햄릿** 그래, 레어티스 말이오.

**오즈릭** 왕자님께서도 그분이 뛰어나다는 것은 알고 계시리라……

**햄릿** 그 점에 대해선 말하고 싶지 않소. 나 자신도 모르면서 어찌 남을 안다 있겠소?

**오즈릭**   전 그분의 칼 솜씨를 말하는 것입니다. 그분과 대적할 만한 사람이 천하에 없다고 사람들은 말들을 하고 있죠.

**햄릿**   어떤 칼을 쓰나?

**오즈릭**   장검과 단검이옵니다.

**햄릿**   옳아, 쌍칼잡이라 그 말이군. 흠, 좋지. 아, 그래서?

**오즈릭**   국왕 폐하께서는 바바리산 말 여섯 필을 그에게 거시면서 왕자님과 내기할 것을 권했습니다. 그리고 레어티스는 여섯 자루의 프랑스제 장검과 단검, 혁대, 칼걸이 등 부속품을 걸었고요. 그중 세 쌍의 칼걸이는 매우 아름다워 칼자루와도 조화를 잘 이루고 있죠. 오밀조밀한 솜씨가 엿보이는거지요.

**햄릿**   대체 칼걸이란 어떤 건가?

**호레이쇼**   저 사람 말은 주석 없이 못 알아듣겠군요.

**오즈릭**   전하, 칼걸이는 칼을 묶어 두는 끈이옵니다.

**햄릿**   그 말은 대포를 허리에 달고 다닌다면 꼭 맞을 것 같구나. 그때까진 그저 칼걸이개라고 해두자. 바바리산 말 여섯 필과 프랑스제 칼과 부속품이라, 그야말로 덴마크 대 프랑스의 내기로군. 왜 그런 물건을 당신 말대로 내기에 거는 거요?

**오즈릭**   폐하께서는 왕자님과 레어티스 사이에 12회전을 시키되 아무리 레어티스라 하더라도 세 번 이상 이기기는 어려울 것이라 판단하시어 5회로 규정하셨다 합니다.

**햄릿**  내가 거절하면 어떻게 되오?

**오즈릭**  왕자님, 제 말은 왕자님께서 그 시합에 상대해 주실 경우에 한해서입니다.

**햄릿**  여보게, 자네는 가서 폐하께서 원하시는 대로 하라고 하시오. 마침 운동시간도 되었으니 한번 하는 것도 좋을 것 같소. 레어티스도 하고 싶어 하고 폐하께서도 바라는 일이라 하니, 폐하를 위해 이 시합을 이겨 보리다. 만일 시합에 지면 창피나 좀 당하고 몇 대 얻어맞는 것뿐이니까.

**오즈릭**  폐하께 가서 그대로 전하리까?

**햄릿**  그러시오. 미사여구로 포장하는 건 자네 맘대로 하고.

**오즈릭**  (절을 한다) 앞으로도 잘 부탁드리겠습니다.

**햄릿**  알았소. (오즈릭 퇴장) 그래, 자기 자신에게 부탁해야겠지. 저 따위 놈의 부탁을 누가 들어주겠어.

**호레이쇼**  저 햇병아리 같은 놈, 머리에 알 껍질을 뒤집어쓴 채 달아나고 있습니다.

**햄릿**  제 어미젖을 빨기 전에 젖가슴에 인사부터 올렸을 놈이야. 하기야 요즘 세상에 저런 놈이 어디 한둘인가. 세태의 파도타기를 하면서 뺀지르르한 사교술과 거품 같은 미사여구로 사려 깊은 사람들을 기만하며 살아가는 놈들이 수두룩하지. 저놈들은 한 번만 훅 불어도 꺼져 버리는 거품 같은 놈들이라네.

**궁신**　왕자님, 오즈릭 경의 전갈을 들으신 폐하께서는 왕자님께
서 혹시 이의가 있으신지, 또는 시합을 연기하실 의향이 없
으신지 알아보고 오라고 하셨습니다.

**햄릿**　내 뜻은 변함없으니 폐하의 뜻대로 하라고 하시오. 지금도
좋고, 나중에도 좋고. 내 몸의 상태가 지금처럼 좋기만 하다면.

**궁신**　왕비마마께서는, 시합이 시작되기 전에 왕자님께서 레어티
스에게 따뜻한 말씀을 건네주실 것을 당부하셨습니다

**햄릿**　당연한 분부시오. (궁신 퇴장)

**호레이쇼**　왕자님, 이번 내기에는 승산이 없을 것 같습니다.

**햄릿**　아냐, 그렇지 않아. 그가 프랑스로 유학 간 이래로 나는 끊
임없이 연습을 해왔거든. 그만큼 유리한 고지를 점령한 거
지. 지금처럼 내 불안한 마음 상태만 아니라면. 하지만 뭐 어
떤가.

**호레이쇼**　그렇지 않습니다.

**햄릿**　여자들이나 신경쓸 어리석은 생각에 불과하네.

**호레이쇼**　마음이 내키시지 않으면 무리할 필요는 없습니다. 제가
가서 왕자님의 기분이 좋지 않다고 전하고 오겠습니다.

**햄릿**　그럴 것 없네. 난 전조 같은 것을 두려워한 적이 없어. 공중
에 나는 참새 한 마리 떨어지는 것도 하느님의 뜻 아닌가. 죽

음이 지금 찾아오면 나중에 찾아오지 않고, 나중에 찾아오면
지금 찾아오지 않는 거야. 그러니 마음의 각오가 중요해. 어
차피 언제 끊어질지 모르는 목숨인데 될 대로 되라지.


하인들이 의자와 방석, 탁자를 운반해 온다. 이윽고 나
팔수, 고수, 궁신들이 왕과 왕비를 모시고 등장하고 심판
을 볼 오즈릭과 궁신이 시합용 장검과 단검을 가지고 뒤
를 따른다. 마지막으로 경기복 차림의 레어티스 등장


**왕**  햄릿, 이리 와서 악수하거라. (왕이 레어티스의 손을 햄릿 손에 쥐
어주며 악수를 나누게 한다. 그러고는 왕비와 함께 자리에 앉는다)

**햄릿**  용서해 주게, 레어티스. 내가 잘못했네. 자네도 들은 바 있
겠지만 나는 심한 정신착란에 시달리고 있네. 내가 한 짓에
자네의 효성과 명예, 감정이 몹시 상했을 거야. 하지만 그것
은 어디까지나 내 광기로 인해 빚어진 거였네. 레어티스를 모
욕한 것이 햄릿이었던가? 아냐. 결코 햄릿이 아니었네. 그렇
다면 누구지? 그의 광기지. 그렇게 따지고 보면 햄릿도 피해
자가 되는 셈이네. 그의 광기는 가여운 햄릿 자신의 적이기
도 하네. 그러니 부탁하네. 여기 참석하신 여러분들 앞에서,
내가 자네에게 고의로 그러지 않았다는 걸 관대한 마음으로

받아들이길 바라네. 지붕 너머로 쏘아 올린 화살이 우연히 형제에게 상처를 입힌 것이라고 생각해 주게.

**레어티스**　자식된 도리로서 본다면 지금 복수심을 최대한 발휘해 야겠지만, 그렇게 말씀하시니 받아들이겠습니다. 그러나 제 명예에 관해서만큼은 결코 화해할 생각이 없습니다. 명예가 높은 인생의 선배가 선례를 제시하면서 화해하라고 하기 전 까지는 말입니다. 물론 왕자님께서 보여주신 우정은 우정으 로 받아들이겠습니다.

**햄릿**　그 말을 들으니 나도 기쁘군. 그럼 우리 형제처럼 정직하게 시합을 해 보세. 자, 나에게 검을 달라.

**레어티스**　자, 나에게도 한 자루를 주시오.

**햄릿**　내 무딘 검은 자네를 돋보이게 할 걸세. 레어티스, 미숙한 나에 비하면 자네 솜씨는 밤하늘의 별처럼 빛을 뿜겠지.

**레어티스**　놀리지 마십시오.

**햄릿**　아냐, 정말이야.

**왕**　오즈릭, 두 사람에게 검을 주어라. (오즈릭, 몇 자루의 시합용 검을 갖고 오자 레어티스가 그 가운데 한 자루를 집어들어 한두 번 휘둘러본다) 햄릿, 내기를 걸었다는 건 알고 있느냐?

**햄릿**　잘 알고 있습니다, 폐하. 친절하시게도 약한 쪽에 유리한 조건을 붙이셨더군요.

**왕**　두 사람의 솜씨를 잘 아니까. 하지만 레어티스의 실력이 아주 향상되어 네 쪽에 좀 유리하게 조건을 걸었지.

**레어티스**　이건 너무 무겁구나. 다른 것을 보여다오. (탁자로 가서 칼끝이 뾰족한, 독이 칠해진 검을 골라잡는다)

**햄릿**　(오즈릭으로부터 검을 받아들고) 이게 마음에 드는군. 어느 검이든 길이는 다 같겠지?

**오즈릭**　그렇습니다, 왕자님.


🌶 **두 사람, 시합 준비를 한다. 시종들이 포도주 술잔을 들고 들어온다**


**왕**　그 포도주 잔들을 탁자 위에 놓아라. 그리고 햄릿이 1차전이나 2차전에서 득점을 하거나 3차전에서 비기거든, 모든 성벽에서 축포를 터뜨려라. 그때 과인은 햄릿의 건투를 위해 축배를 들고 술잔에는 진주를 넣겠다. 4대째 덴마크 왕의 왕관에 달았던 진주보다도 더 훌륭한 것이다. 술잔을 달라. 북을 쳐서 나팔수에게 알리고 나팔수는 성 밖의 포수에게 알려 포성이 하늘로, 하늘에서 지상으로 울리게 하라. '지금 왕이 햄릿을 위해 축배를 든다'고. 자, 시작하라. 심판관들은 정신 차리고 똑똑히 지켜봐라. (왕 곁에 술잔이 놓인다. 나팔 소리. 햄릿과 레어티스, 각각 갈라선다)

**햄릿** 자, 간다.

**레어티스** 좋습니다, 오시오. (1회전이 시작된다)

**햄릿** 하나…….

**레어티스** 아닙니다.

**햄릿** 심판, 판정하게.

**오즈릭** 한 대 먹이셨습니다. 아주 깨끗한 한 방이었습니다. (북소리, 나팔 소리 퍼지는 가운데 축포가 한 발 울린다)

**레어티스** 자, 다시 시작합시다.

**왕** 잠깐, 술을 따르라. 햄릿, 이 진주는 네 것이다. 자, 너를 위해 건배하자. 햄릿에게 이 잔을 들게 하라.

**햄릿** 이 승부부터 가리고 들겠습니다. 술잔은 거기 두시지요. (2회전이 시작된다) 또 한 대 들어간다. 어떠냐?

**레어티스** 약간 스쳤습니다. 인정하겠소.

**왕** 우리 햄릿이 이길 것 같군.

**왕비** 저기 숨을 헐떡이는 것 좀 봐요. 땀이 비 오듯 쏟아지네요. (자리에게 일어나면서) 햄릿, 손수건으로 이마를 닦아라. (햄릿 술잔을 들며) 햄릿, 너를 위해서 내가 건배하마.

**햄릿** 감사합니다, 어머니.

**왕** 왕비, 마시면 안 되오.

**왕비** 제발 허락해 주세요. (술을 마시고 햄릿에게 잔을 건넨다)

**왕** (방백) 그건 독을 탄 술인데! 너무 늦었구나!

**햄릿**  어머니, 저는 나중에 들지요.

**왕비**  이리 오너라, 내가 네 얼굴을 닦아 주련다.

**레어티스**  폐하, 이번엔 제가 찌르겠습니다.

**왕**  그리 될 것 같지 않도다.

**레어티스**  (방백) 아무래도 양심이 찔리는구나.

**햄릿**  자, 덤벼라! 3회전이다. 나를 놀릴 셈이냐? 힘껏 찔러 봐. 나를 어린애 취급하는 것 같군.

**레어티스**  그러시다면 자, 한 대 받으시지요. (싸운다)

**오즈릭**  무승부. (두 사람이 떨어져 선다)

**레어티스**  (갑자기) 자, 한 대 받아라! (옆을 보는 틈을 노려 레어티스가 햄릿을 가볍게 찌른다. 상대방의 비겁한 행동에 햄릿은 격분하여 덤벼들고, 격투하는 동안 우연히 서로 검을 바꿔 쥔다)

**왕**  둘을 뜯어말려라. 흥분해 있다.

**햄릿**  아니다, 다시 덤벼라. 다시! (왕비 쓰러진다)

**오즈릭**  왕비마마를 보살펴서야겠습니다!

**호레이쇼**  양쪽이 피를 흘리고 있습니다! 왕자님, 왜 그러십니까?

**오즈릭**  (레어티스를 일으키며) 왜 그러시오, 레어티스?

**레어티스**  내가 친 덫에 스스로 걸리고 말았네. 오즈릭, 내 자신의 흉계에 내가 목숨을 잃으니 할말이 없군.

**햄릿**  왕비님은 어찌 되신 거냐?

**왕**  피를 보고 기절하신 거야.

**왕비**  아니다, 아냐. 저 술, 저 술! 오, 햄릿! 저 술! 독을 탔어. (죽는다)

**햄릿**  여봐라, 이 문을 잠가라. 반역이다! 범인을 찾아라!

**레어티스**  범인은 이 안에 있습니다. 왕자님도 죽을 것입니다. 이 세상의 어떤 묘약을 써도 30분을 넘기지 못할 겁니다. 흉기는 바로 당신 손에 쥐어진 칼, 칼끝에 독이 묻어 있습니다. 저의 비열한 음모는 결국 제 자신에게 돌아와 이제 일어나지 못할 것입니다. 왕비님께서도 독살되셨고요. 범인은 왕입니다. 바로 저 왕!

**햄릿**  칼끝에 독을? 그렇다면 독이여, 네 역할을 다하라. (칼로 왕을 찌른다)

**일동**  반역이다! 반역이다!

**왕**  이놈들아, 날 좀 구해라. 아직은 상처만 입었을 뿐이다.

**햄릿**  (독배를 왕에게 억지로 먹이며) 자, 살인마, 색마, 저주받을 덴마크 왕아, 이 독주를 마셔라. 어머니를 따르라. (왕 죽는다)

**레어티스**  스스로 준비한 독이니 천벌이다! 왕자님, 우리 서로 용서합시다. 저와 아버지의 죽음이 왕자님의 죄가 아니고 왕자님의 죽음 또한 저의 죄가 되지 않도록! (죽는다)

**햄릿**  하늘이 너의 죄를 용서하시기를! 호레이쇼, 나도 이제 끝장이다. 가련한 어머니, 안녕히. 모두들 창백한 얼굴로 떨고 있구나. 아, 죽음의 잔인한 사자가 나를 끈질기게 쫓아오는구

나. 나에게 시간이 있으면…… 이 모든 걸 말해 줄 수 있으련만. 그러나 속수무책이구나. 호레이쇼, 자네는 살아서 나를 비난하는 사람들에게 내 입장을 올바로 전하게나.

**호레이쇼**  살아남다뇨, 천만에요. 저는 덴마크인이기보다 차라리 고대 로마인이고 싶습니다. 아직 술이 남아 있습니다. (독배를 들어올린다)

**햄릿**  (일어나며) 자네가 대장부라면 그 잔을 이리 주게. 어서 달라니까! (호레이쇼가 든 잔을 쳐 떨어뜨린 뒤 쓰러진다) 아, 호레이쇼! 이 사건의 전말이 밝혀지지 않는다면 나는 죽은 뒤에도 오명을 뒤집어쓸 거야. 자네가 진심으로 나를 위한다면 고통스럽긴 하겠지만 이 험한 세상에 남아서 내 얘기를 전해다오. (멀리서 군대의 진군 소리. 포성이 들린다) 저 떠들썩한 소리는 무엇인가?

**오즈릭**  포틴브라스 2세께서 폴란드를 정복하고 개선하는 도중, 영국 사절을 만나 축포를 터뜨린 것입니다.

**햄릿**  아, 호레이쇼. 나는 죽는다! 독기가 무섭게 번지는구나. 영국의 소식도 듣지 못하고. 오, 예언하건대 왕으로 선출될 사람은 포틴브라스 2세밖에 없구나. 난 포틴브라스 2세를 왕으로 추대하고 싶다. 그에게 내 뜻과 이렇게 된 사정 얘기를 빼놓지 말고 전하라. 이제 침묵뿐이로구나. (숨을 거둔다)

**호레이쇼**  이제 고귀한 정신은 사라지고 말았구나. 왕자님이여,

편히 잠드소서. (안에서 행군 소리) 어질던 왕자님, 천사들의 노래를 들으며 영원한 안식의 세계로 가소서. 어째서 북소리가 이리로 오고 있지?

고수, 기수, 수행원들과 함께 포틴브라스 2세와 영국 사절들 등장

**포틴브라스 2세**  어딘가, 참변이 일어난 현장이?

**호레이쇼**  무엇을 보고 싶으신 겁니까? 이보다 더 슬프고 놀라운 일은 어디에서도 찾을 수 없을 것입니다.

**포틴브라스 2세**   이 시체 더미가 모든 걸 말해 주는구나. 아, 교만한 죽음이여! 어떤 향연이 너의 어둡고 영원한 처소에서 준비되고 있기에 이토록 많은 귀인들을 무참히 쓰러뜨렸단 말이냐!

**사신 1**  차마 눈 뜨고 볼 수 없군요. 영국에서 가져온 소식도 들어주실 귀가 이미 감각을 잃었으니. 분부하신 대로 로즌크랜츠와 길든스턴이 처형당했다는 사실을 전한들 누구에게 치하의 말을 들을 수 있겠습니까?

**호레이쇼**   치하의 말을 전할 생명이 남았다 해도 그 장본인은 폐하가 아닙니다. 폐하는 그들의 죽음을 명하신 적이 없지요.

부디 여러분, 이곳에 도착하셨으니 이 유해들을 높은 단 위에 안치하도록 명령을 내리셔서 사람들에게 많은 사람들이 볼 수 있도록 해주십시오. 그리고 저로 하여금 이 사건의 전말을 사람들에게 이야기할 수 있도록 하소서. 그러면 여러분은 이곳에서 행해진 잔혹한 시해 행위를, 우발적인 판단, 뜻밖의 살인, 강요당한 채 할 수없이 행해진 교묘한 처형, 간계가 빗나가서 도리어 꾸민 자들의 머리 위에 떨어진 사정들을 들을 수 있을 것입니다. 제가 여기서 일어난 모든 이야기를 사실대로 전해 드리겠습니다.

**포틴브라스 2세**   어서 들어봅시다. 귀족들을 소집하시오. 나로서는 슬퍼하는 가운데 행운의 왕관을 받아들이겠소. 이 나라에 대해서는 내게도 권리가 있으니 그 권리를 주장하지 않을 수가 없소.

**호레이쇼**   그 일에 대해서도 말씀 드릴 게 있습니다. 이 의견은 왕자님께서 바라던 바입니다. 하지만 방금 말씀하신 일부터 처리하시는 것이 순서일 듯합니다. 인심이 소란한 때이니만큼 무슨 불상사가 일어날지 모르기 때문이죠.

**포틴브라스 2세**   햄릿 왕자님을 무인의 예를 갖추어 단상으로 운구하라. 아마 그분은 세상에서 보기 드문 훌륭한 왕이 되셨을 거다. 자, 왕자님의 서거를 애도하는 군악과 조포를 울려 그분의 덕을 널리 알리자. 유해를 들어올려라. 이러한 광경

은 전쟁터에서 어울리는 법, 정말 여기서는 격에 맞지 않는
구나. 자, 병사들에게 조포를 쏘게 하라.


병사들, 시체를 운구해 간다. 장송 행진곡이 들려오고
조포가 울린다.

영국이 낳은 세계적인 대문호 셰익스피어. 그는 인간의 오욕칠정을 주무르고 영혼을 흔드는 깊고 넓은 시적인 울림, 그리하여 시대와 공간을 넘어 재해석되고 재음미되는 불멸의 울림을 낳았다.

셰익스피어와 그의 희곡은 영문학사를 뛰어넘어 세계 문학사의 한 정점으로서 세상을 오연(傲然)하게 굽어볼 뿐더러, 창조의 원천이자 영감의 바이블로서 지상의 무대를 굳건하게 떠받치고 있다.

## 성장기

셰익스피어는 엘리자베스 1세 통치기인 1564년 4월 26일에 영국 중부에 있는 스트래퍼드어폰에이번에서 태어났다. 흥성한 상업도시이자 비옥한 농경 지대였던 이곳에서 그는 세례를 받았고, 또한 영면(永眠)에 들었다.

아버지 존 셰익스피어는 농산물과 모직물의 중개업으로 큰돈을 벌어 신분 상승의 꿈을 이룬 인물이었고, 어머니 메어리 아든은 워릭서의 명문가에서 태어나 자란 귀족이었다. 자신보다 신분이 높은 여자와의 결혼을 통해 사회적 지위를 더욱 굳건히 다진 존은 1568년 스트래퍼드어폰에이번의 시장으로 선출되기에 이르렀다.

이런 유복한 환경 속에서 셰익스피어는 8남매 중 셋째로 태어났다. 위로 두 명의 누나가 있었으나 모두 어린 나이에 죽었고, 밑으로는 세 명의 남동생과 두 명의 여동생을 두었다.

셰익스피어는 4살 때부터 아버지를 따라 연극 구경을 했으며, 성서와 고전을 통해 읽기와 쓰기를 배웠다. 그리고 11살에 마을의 문법학교에 들어가 문법과 논리학, 수사학, 문학 등을 익혔다. 하지만 이후 아버지의 계속되는 사업 실패로 가세가 기울면서 결국 대학에 진학하지 못하고 집안일을 도운 것으로 보인다(그의 소년 시절에 대한 기록은 많지 않으며, 연극과의 연관 관계도 불분명하다).

셰익스피어는 18세 되던 해인 1582년에 유복한 농가의 딸로 여덟 살 연상인 앤 해서웨이와 결혼해 이듬해 첫딸 수잔나를 낳았다. 그리고 2년 후 쌍둥이 남매 햄넷과 주디스가 태어나자 곧 고향을 떠나 떠돌아다니기 시작했는데, 그의 방랑은 7~8년 동안 계속되었다. 이 시기에 그가 어디서 무엇을 했는지는 분명치 않다. 다만 1580년대 말 무렵부터 배우로서 생활한 듯 보이며, 1592년 런던

연극계의 신예로서 좋은 평을 얻었다는 기록이 전할 따름이다.


**극작 활동**

런던에서 체류하던 셰익스피어가 극작 활동을 시작한 것은 1590년 무렵으로 보인다.

처음에는 존 릴리, 크리스토퍼 말로, 조지 필, 로버트 그린 등과 같은 선배 작가의 희곡을 부분적으로 손질하는 것에 만족해야 했던 그가 처녀작으로 내놓은 것이 3부작 역사극인 〈헨리 6세〉(1590~92)이다. 무대 위에 오른 이 작품은 공전의 히트를 기록한다.

이때로부터 1600년까지 셰익스피어는 자신의 필력(筆力)을 왕성하게 발휘한다.

먼저 영국의 장미전쟁을 배경으로 한 역사극인 〈리처드 3세〉(1592)를 위시해, 로마의 극작가 플라우투스의 작품을 번안한 〈실수 연발〉(1592), 피를 피로 갚는 로마의 잔혹한 복수극 〈타이터스 앤드로니커스〉(1593), 그리고 드센 여인을 아내로 맞아 정숙하게 길들인다는 내용의 익살극 〈말괄량이 길들이기〉(1593) 등이 발표했다.

1590년대 초반은 런던에 페스트가 창궐하던 시기였다. 이로 인해 많은 극장들이 폐쇄되었는데, 이 무렵 셰익스피어는 두 편의 서사시 〈비너스와 아도니스〉(1593), 〈루크리스의 겁탈〉(1594)을 통해 든든한 후원자인 사우샘프턴 백작을 얻게 된다.

한편, 극장 폐쇄의 여파로 대규모 재편성이 이루어진 런던의 연극계에 1594년 새로 두 개의 극단이 창설되면서 신진 작가들에게 우호적인 환경이 조성되었다. 그중 하나인 로드체임버린 극단에 소속된 셰익스피어는 배우이자 극작가로서 본격적인 활동을 시작한다.

그는 평생 이 극단을 위해서 희곡을 썼는데, 초기 작품들로는 원수 집안의 남자와 여자 사이의 열렬한 사랑과 비극적인 파국을 그린 〈로미오와 줄리엣〉(1594) 을 비롯해, 왕국의 통치자이면서도 강렬한 시적 감성과 나르시스트적인 품성으로 고난에 찬 역정을 통과해 가는 인물을 그린 역사극 〈리처드 2세〉(1595), 아테네 교외에 자리한 숲을 무대로 펼쳐지는 환상적인 밤의 세계를 그린 낭만적 희극 〈한여름 밤의 꿈〉(1595) 등이 있다.

인간에 대한 예리한 관찰력과 서정성이 돋보이는 이 작품들에 이어서, 1590년대 후반으로 오면서는 빼어난 통찰력을 발휘한 역사극과 희극들을 썼다.

그중 대표적인 작품으로는 사악한 유대인 고리대금업자 샤일록의 횡포와 이에 맞서는 연인들의 감미롭고 희생적인 사랑의 힘을 배합한 〈베니스의 상인〉(1596)과 리처드 2세에게서 권력을 찬탈한 헨리 4세 치하의 음모와 혼란에 찬 암흑기를 배경으로 한 〈헨리 4세〉(1597) 등을 들 수 있다.

1599년에 이르러 템스강 남쪽 연안에 〈글로브극장〉을 건설한 셰익스피어는 그곳을 자신이 속해 있던 극단의 상설극장으로 삼았다. 이 무렵 셰익스피어의 창작력은 최고조에 이른다.

이때 발표된 작품으로는 궁정에서 추방된 공작과 가신(家臣)의 목가적인 생활을 배경으로 젊은 남녀의 연애를 낭만적으로 그린 〈뜻대로 하세요〉와 궁정에서 상연할 목적으로 쓴 〈십이야(十二夜)〉 등을 꼽을 수 있다.

특히 〈십이야〉는 셰익스피어 최고의 희극으로 명성이 자자한 작품이다. 낭만적인 사랑과 결혼을 소재로 한 서정적 분위기에다 익살과 재담 그리고 해학 등의 희극적인 요소들이 작품 전체에 잘 녹아 흐르고 있다.

## 비극시대의 개막

1599년 봄, 아일랜드에서 일어난 타이론의 반란을 진압하기 위해 출정하는 에섹스 경의 원정군에는 셰익스피어의 절친한 후원자였던 사우샘프턴 백작도 들어 있었다.

그러나 원정이 실패로 돌아가면서 영국 왕실의 분노를 사게 되자, 에섹스와 사우샘프턴은 공격의 목표를 아일랜드의 반란군에서 런던의 왕실로 바꿔 회군하기 시작했다.

여론의 지지를 얻지 못한 반란은 곧 실패로 돌아갔으며, 지도부는 체포되어 재판에 회부되었다. 에섹스는 반역죄로 몰려 런던탑에서 참수되었으며, 사우샘프턴은 종신형을 언도받고 런던탑에 갇히게 되었다.

이는 엘리자베스 여왕의 치세가 막을 내리고 있음을 보여주는 상징적인 사건이었는데, 실제로 사건 발발 2년 후인 1603년 3월에 여왕은 숨을 거두었다.

이와 같은 일련의 불행한 사태는 셰익스피어에게도 커다란 충격을 안겨 주었다. 그 영향으로 1600년 이후 그의 작품 세계의 면모가 확연하게 달라지면서 이름하여 비극시대가 개막되었다.

셰익스피어의 4대 비극으로 널리 알려진 〈햄릿〉(1601), 〈오셀로〉(1604), 〈리어왕〉(1605), 〈맥베스〉(1606) 등은 바로 이 시기에 나온 작품들이다.

인간의 고뇌와 절망과 죽음 등 무거운 주제를 다룬 이 작품들 안에는 시대를 아파하는 셰익스피어의 우울한 심사와 염세적이고 절망적인 세계관이 깊이 아로새겨져 있다.

〈햄릿〉은 사랑과 존경을 바치던 대상인 아버지를 잃은 왕자 햄릿이 숙부와 결탁해 지아비를 죽인 어머니의 도덕적 타락과 배신, 그리고 용서받을 수 없는 숙부의 죄악과 그에 대한 증오, 곤경에 처한 나라의 사정, 연인 오필리아의 죽음 등으로 인해 극심한 고통과 절망감에 시달리다가 마침내는 비극적인 최후를 맞게 되는 이야기이다.

〈오셀로〉는 악인 이아고의 간계에 빠진 무어인 장군 오셀로가 정숙하고 착한 아내 데스데모나의 정절을 의심하고 질투하다가 급기야는 어리석게도 아내를 죽여 버리고 마는 이야기이다.

〈리어왕〉은 탐욕스럽고 간교한 큰딸과 둘째딸에게 왕국을 넘긴 리어왕이 결국에는 딸들에게 버림을 받아 분노에 가득 찬 광인이 되어 광야를 떠돌고, 자신을 진정으로 사랑했던 막내딸 코델리아도 결국에는 가련한 죽음을 당하고 마는 이야기이다.

〈맥베스〉는 사악한 마녀들의 꾐에 빠진 맥베스 장군이 권좌에 오르기 위해 아내와 함께 왕을 죽인 대가로 비참하고 가련한 최후를 맞게 되는 이야기이다.

이상과 같이 각기 다른 소재들을 서로 다른 방식으로 풀어가고 있는 4대 비극을 한 데 묶어 정리하기는 쉽지 않다. 하지만 인간 삶에 편재하는 거대한 악에 의해 개인의 선량한 의지와 행위들이 속절없이 유린되고 파괴당하는 비극적 상황에 대한 작가의 침울하고 침통한 시선이 네 작품 모두에서 고스란히, 훌륭하게 관철되고 있음을 볼 수 있다.

진실을 얻기 위해 반드시 그에 갚음할 만한 커다란 대가를 치르는 인간 세상의 비극성을 제시하고, 죽음에 대한 감수성을 내내 견지하면서 인간적인 가치탐구의 긴장감을 놓지 않는 셰익스피어의 뛰어난 창작력이 세계 연극사상 최고의 비극을 만들어낸 것이다.

하지만 이 시기에 셰익스피어가 비극만을 창작한 것은 아니었다. 그는 〈트로일러스와 크리시더〉(1601)와 〈끝이 좋으면 모두 좋다〉(1602), 그리고 〈자[尺]에는 자로〉(1604) 등의 희극도 썼다.

그런데 이런 작품들에서조차 음산한 절망감이 배어 나오고 있는 것을 보면, 당시 셰익스피어의 영혼에 깃든 어둡고 침울한 기운이 얼마나 강렬했는지를 짐작할 수 있다.

사실 이러한 침울함의 원인이 셰익스피어의 내면에서만 찾아지는 것은 아니다. 당대의 연극적 유행의 변화도 셰익스피어의 비극 시대를 추동하고 끌어가는 동력으로 작용하고 있는 것이다.

당시 관객들은 기존의 낭만적이고 유쾌한 희극과 역사극 따위에 식상해 하면서, 그것을 대신할 사실적이고 풍자적인 희극과 비극적인 인간 존재극에 열광했다.

이런 대중적 열망의 반영과 아울러 인간과 세계의 본질을 꿰뚫어 보는 셰익스피어 자신의 깊어진 성찰과 인식의 발현이 곧 인류 문학사에 축복과도 같은 비극들을 선사했다고 할 수 있을 것이다.


## 왕의 후원과 로맨스극의 발표

엘리자베스 1세의 뒤를 이어 왕위에 오른 제임스 1세는 스튜어트 가문의 군주답게 예술을 애호하는 사람이었다. 1603년 5월 제임스 1세는 런던에 도착하자마자 연극을 육성하는 일에 착수했다.

제임스 1세는 궁내부 극단을 국왕극단으로 개편하고 스스로 극단의 후원자가 되었다. 극단 단원들에게 연봉이 지급되었고, 왕실

가문의 표지가 새겨진 보랏빛 의상과 모자를 착용토록 했다.

또한 그는 셰익스피어와 그 단원들에게 '그룹즈 오브 더 체임버'(groom of the chambers)라는 명예로운 계급을 수여하는 한편, 셰익스피어의 후원자인 사우샘프턴 백작도 감옥에서 풀어 주었다.

이런 연극 육성 조치와 맞물려 관객의 기호가 변화하면서 영국의 연극에도 변화의 바람이 불기 시작했다. 주인공을 중심으로 격렬하게 감정들이 대치하며 긴장을 증폭해 나가던 대작 극에서 가정비극과 풍자희극, 그리고 감상적인 희비극이나 퇴폐적인 비극으로 그 축이 바뀌었던 것이다.

셰익스피어도 이때부터 새로운 경향을 띤 작품들을 무대에 올려 발표하기 시작했다. 그것은 바로 로맨스극이라고 하는 희비극이었는데, 내용상 비극으로 끝나야 마땅한 이야기가 체념과 화해의 과정을 거쳐 행복한 결말을 맞이한다. 인생의 희로애락과 명암을 모두 맛본 작가의 달관된 인생관이 반영된 결과로 보인다. 대표적인 작품으로는 〈심벨린〉(1610), 〈겨울 이야기〉(1610)와 〈템페스트〉(1611) 등이 있다.


**운문 문학의 최고 절정**

셰익스피어는 살아생전에 자신의 전체 희곡 37편 가운데 절반에 가까운 작품들이 출판되는 것을 지켜보았다. 또한 정확한 창작 시기는 불분명하지만 1609년에 〈소네트집〉도 발간되었는데, 이것은 영국 소네트의 정수라는 찬사를 얻었다.

셰익스피어는 1610년 〈겨울 이야기〉가 초연되던 해에 귀향한 것으로 짐작되는데, 그가 고향 스트래트퍼드의 홀리 트리니키 교회에 안장된 지 3년이 지난 1619년에 토머스 파비어가 그의 희곡 선집을 기획해 발간했으나 완간을 보지는 못했다.

총 10권이 나온 파비어의 셰익스피어 선집은 〈헨리 6세〉(제2부), 〈헨리 6세〉(제3부), 〈헨리 5세〉, 〈윈저공의 명랑한 아낙네들〉, 〈베니스의 상인〉, 〈페리클레스〉, 〈한여름 밤의 꿈〉, 〈요크셔의 비극〉, 〈서존 올드캐슬〉, 〈리어왕〉 등이었다.

그리고 1622년 〈오셀로〉가 출판되었으며, 1653년에는 이전에 셰익스피어의 동료 배우였던 존 헤밍과 헨리 콘델의 편집으로 최초의 셰익스피어 단권 전집이 출판되었다.

셰익스피어의 희곡은 연극이라는 매개체를 통해 인간 내면에 도사린 다양한 면모들을 극적이면서도 시적으로 잘 드러내 보인 뛰어난 운문 문학의 절정이었다고 할 것이다.


### 셰익스피어와 그의 시대

셰익스피어가 활동을 시작한 16세기 후반은 엘리자베스 여왕의 치세 아래 영국이 유럽의 열강으로 편입하는 국가적 부흥기였다.

봉건 질서 약화와 근대국가 체제의 등장, 상업의 발달, 문화 산업의 번성, 사회 계층의 변화 속도 증가, 남녀 성에 대한 인식 변화 등등 영국 사회 전반에 변혁의 바람이 불고 있었다.

이러한 바람을 셰익스피어는 누구보다도 먼저 작품 속에 담아냈다. 문학을 위시한 문화 부문의 성숙한 분위기, 역동적인 사회 풍조 안에서 양산되는 다양하고 풍성한 소재들이 그의 작품 곳곳에 녹아들었다. 그 때문에 단순한 문학적 읽을거리의 차원에서 벗어나 시대상을 엿볼 수 있는 문화적 교본으로까지 자리매김하게 되었다.

당시 영국 극작가들 사이에서 셰익스피어는 촌놈 취급을 받으면서 이력을 쌓아 나갔다. 다수의 극작가들이 옥스퍼드나 케임브리지 등의 명문 대학을 나온 엘리트인 상황에서 대학 문턱도 밟아보지 못한 셰익스피의 활약은 백조가 된 미운 오리새끼에 비견될 만한 것이었다.

극작가인 벤 존슨이 "라틴어에도 그만이고 그리스어는 더욱 말할 것이 없다"면서 비꼬는가 하면, 로버트 그린의 경우는 "라틴어는 조금밖에 모르고 그리스어는 더욱 모르는 촌놈이 극장가를 뒤흔든다"면서 노골적으로 불만을 터뜨릴 정도였다.

우월한 학벌을 등에 업은 동업자들의 비난과 악담에도 불구하고 셰익스피어의 작품은 시간이 지날수록 점점 더 인기가 높아졌다. 탁월한 언어 구사력과 천부적인 무대 예술 감각, 인간 심리에 대한 깊은 이해력, 풍부한 세상 경험 등이 한 데 녹아 어우러진 그의 작품 세계는 수작을 넘어 대작의 반열로 들어섰다. 그리고 주변의 시기심을 존경심으로 바꿔 놓았다.

1623년 벤 존슨은 "어느 한 시대의 사람이 아니라 모든 시대의 사람"이라는 말로 셰익스피어를 상찬했다. 그리고 1668년 존 드라이든은 "가장 크고 포괄적인 영혼"이라는 찬사를 셰익스피어에게 바쳤다.

## 말년의 활동과 죽음

셰익스피어는 죽기 몇 년 전에 고향으로 돌아왔다. 1596년에 아들을 잃고 그 이듬해 구입했던 스트래트퍼드의 호화 주택에서 그는 아내랑 딸들과 함께 말년을 보냈다. 그런 동안에도 런던은 계속 방문했다.

1606년과 1607년 즈음, 셰익스피어는 희곡 몇 편을 창작하고, 1613년 이후로는 자신보다 열다섯 살 적은 극작가 존 플레처와 함께 희곡 세 편을 공동 창작한 것으로 전해진다. 존은 많은 작가들과 합작 형태로 계속 활동하면서 셰익스피어의 라이벌로서 인기를 구가했다.

1616년 4월 23일, 셰익스피어는 52세의 나이로 숨을 거두었다. 그가 평생에 걸쳐 쓴 희곡 작품은 36편이고, 14행시(소네트) 154편도 남겼다. 그의 희곡 중에서 생전에 출판된 것은 19편 정도이며, 1623년에 동료들에 의해 전집이 발간되었다.

살아서 이미 최고의 찬사를 얻었던 셰익스피어는 죽어서는 숭배의 대상이 되었다. "국가를 모두 넘겨주는 경우에도 셰익스피어 한 명만은 못 넘긴다"라고 했던 엘리자베스 여왕의 말이나, "영국 식민지 인도와도 바꿀 수 없다"고 했던 비평가 칼라일의 극찬이 영국을 벗어나서도 이해받는 영국인, 르네상스인, 그리고 세계인이 바로 셰익스피어이다.

셰익스피어는 오늘도 인류의 위대한 유산으로 남겨진 자신의 작품들 속에서 인간 심리와 인생에 대한 깊은 통찰을 절묘하고 매혹적인 목소리로 들려주고 있다.

셰익스피어 주요 작품 해설

## 햄릿

세익스피어의 4대 비극 중에서 가장 앞선 1601년 발표된 작품이다. 전체 5막으로 구성되어 있고, 12세기 덴마크 왕가를 배경으로 하고 있다.

덴마크 역사가 삭소 그라마티쿠스가 저술한 《덴마크 연대기》 중 〈비타 암레티(암레트의 덕)〉가 이야기의 원 재료이다. 암레트 왕자가 자신의 어머니와 결혼한 왕위 찬탈자에게 복수하는 내용의 이야기인 〈비타 암레티〉는 셰익스피어 당대에 유럽 전역에 널리 알려져 있었다. 1570년 프랑소아 드 벨레포레스에 의해 〈역사의 비극〉이란 작품으로 프랑스에서도 소개된 바 있으며, 1589년 런던에서는 훗날 〈원(原) 햄릿〉이라 불리게 되는 햄릿 극이 상연되었다. 작가는 토머스 키드로 추정되는데, 현재는 전하지 않는 이 작품에

기초해 셰익스피어는 〈햄릿〉을 썼다.

부왕의 죽음, 어머니의 결혼, 왕위 찬탈자에 대한 복수심, 미친 척 연기하기, 왕의 가신 살해 등등 복수담의 주요 골격을 〈원 햄릿〉으로부터 가져온 〈햄릿〉은 주인공 햄릿에게 단순하고 감정적인 복수자의 역할을 벗어나 끝없이 고뇌하고 번민하는 실존적인 인간의 모습을 주입했다.

그 결과, 원작으로는 감히 겨룰 수 없을 정도로 개성적이고 입체적인 성격이 만들어졌다. 이러한 성격 변화는 작품 속에 등장하는 모든 인물들에서도 예외가 아니어서, 이전까지와는 달리 다양한 성격들이 대립하고 충돌하는 가운데 비극이 또 다른 비극을 낳는 매혹적인 복수극을 탄생시키기에 이르렀다.

셰익스피어식의 성격 창조는 햄릿의 고뇌와 갈등 양상을 특수한 계층의 문제가 아니라 어느 누구라도 겪을 수 있는 보편적인 인간의 문제로 확장하는 저력을 발휘한다. 삶과 죽음의 문제, 정의와 불의의 문제, 진실과 허구의 문제를 둘러싸고 고민을 거듭하는 햄릿은 복잡다단한 가치들이 충돌하는 시대를 살아가는 현대인들의 자화상이라고 보아도 무방하다.

기존의 복수극들이 상상도 못할 만큼 짜임새 있고 생동감 넘치는 비극 〈햄릿〉이 무대에 오르자, 평론가들은 단순한 복수 비극을 넘어서는 차원 높은 작품에 찬사를 쏟아냈다. 극장 앞은 연극을 보기 위해 몰려드는 관객들로 연일 장사진을 이루었고 셰익스피어의 극단과 경쟁하고 있던 모든 극단들은 자신들의 열세를 인정하지 않을 수 없었다.

사색이 너무 길어 결단을 내리지 못하는 우유부단한 성격을 가리킬 때 햄릿형 인간이라 지칭할 정도로 인간 유형의 한 전형을 탄생시켰으며 셰익스피어의 대표작이자 최고의 비극으로 꼽히는 〈햄릿〉은 시대와 공간에 따라 다양한 모습으로 변주되면서 지금까지도 꾸준하게 사랑받고 있다.


## 오셀로

셰익스피어의 4대 비극 중 두 번째로 나온 작품으로, 1604년 11월 1일 처음 무대에 올랐고, 1622년 초판본이 출간되었다. 이탈리아 극작가인 지랄디 친티오의 에피소드 모음집 《헤카토미티》에서 소재를 얻어 만든 이 작품은 여러 면에서 수정이 가해졌다.

무엇보다도 주인공의 성격부터 크게 다르다. 원작에서 그저 무어인 군인으로만 소개되는 주인공은 자신의 부인인 데스데모나를 의심해 샌드백 안에 집어넣고 때려서 죽일 만큼 잔혹한 인물로 그려진다. 죄 없는 아내를 죽여 놓고도 일말의 후회나 반성도 하지 않은 그는 베니스로 도주했다가 데스데모나의 가족에게 피살당하는 것으로 이야기가 끝난다.

이처럼 망나니 같은 주인공에게 셰익스피어는 오셀로라는 이름과 베니스의 장군이라는 직위를 안겨 주고, 고결하고 용감한 성품과 복잡한 심적 갈등을 부여했다. 그래서 한 고귀한 인간이 의심과 질투에 시달리다가 비참하게 몰락하는 과정을 그려내 보였다.

가정 비극의 색체가 짙은 이 작품은 내용 자체로 보자면 사실 평범한 것이다. 질투에 의한 치정 살인. 어쩌면 치졸해 보일 수도 있는 이야기를 각색해 시대를 초월하는 불후의 비극으로 재탄생시킨 데에서 셰익스피어의 위대함은 새삼 확인된다.

셰익스피어의 4대 비극 중에서 〈오셀로〉가 가진 특성은 주인공의 운명과 국가의 운명 사이에 아무런 관련이 없다는 것이다. 〈햄릿〉, 〈맥베스〉, 〈리어왕〉의 경우는 주인공의 갈등이 국가의 안정을 해치고, 주인공의 죽음과 더불어 국가의 질서가 회복된다. 하지만 〈오셀로〉의 주인공은 국가의 운명과 상관없이 개인적 차원에서만 갈등하다가 죽음을 맞이하고 있는 것이다.

여타 비극들에 비해 인간의 사랑과 질투가 훨씬 선명하고 강렬하게 묘사되고 있는 〈오셀로〉에서 가장 눈길을 끄는 인물은 바로 이아고이다. 오셀로의 기수(旗手)인 그는 자신을 부관으로 뽑아 주지 않은 오셀로에게 앙심을 품고 온갖 간계를 부린다. '순수한 악', '메피스토의 화신'이라는 평을 듣는 그에게서 뿜어져 나오는 어두운 박력은 모두를 치명적이고 극적인 몰락과 죽음의 비극 속으로 끌고 들어간다.

세상의 아름다운 것, 사랑스러운 것, 그리고 고귀한 것의 가치를 인정하지 않는 인간. 인간 본성의 어두운 심연을 속속들이 들여다보는 듯한 인간. 세상의 끝에서 온 것 같은 최후의 인간에게 내려지는 주변의 평가는 아이러니하게도 '정직하고 성실한 이아고'이다. 그야말로 정직하고 성실한 악의 활약 속에서 데스데모나의 명랑함과 쾌활함은 천진할 정도로 빛나고, 오셀로의 강직함과 순진함은 안타까울 만큼 도드라진다.

오셀로와 데스데모나의 견고하고 아름다운 사랑의 성채에 구멍을 내서 파고 들어가는 검은 독사 이아고. 최초의 한 구멍으로부터 시작된 의심과 질투의 균열이 마침내 성채를 무너뜨리기까지 긴장과 이완, 집착과 주저를 되풀이하면서 갈등의 수위를 높여 가는 세익스피어의 능란한 대사의 매력을 작품 전체에서 맛볼 수 있다. 특히 '유혹의 장'으로 유명한 3막 3장은 오셀로를 농락하는 이아고의 악마적인 매력이 유감없이 발휘되고 있다.

남녀간의 애정 문제는 보편적인 삶의 문제이자 영원불멸한 예술적 주제이다. 평생을 갈 것 같은 사랑이 훼손되는 것만큼 사적이면서도 비극적인 공감을 불러일으키는 사건은 없다. 〈오셀로〉가 계속해서 영화로 옮겨지고, 오페라의 옷을 입고서 대중들에게 불러나가는 매력의 원천에는 세익스피어의 작품이라는 사실 외에 이러한 공감도 한 몫 하고 있을 것이다.

## 리어왕

셰익스피어의 4대 비극 중 세 번째로 만들어졌으며, 전체 5막으로 구성되어 있다. 켈트 신화에 나오는 레어 왕 이야기를 토대로 하는 이 작품은 1605년에 쓰인 것으로 추정되며, 1608년에 간행되었다.

셰익스피어의 희곡들 가운데 배경이나 주제 면에서 가장 압도적인 규모의—주제 부분만 살펴봐도, 개인의 문제에다 가정과 국가와 자연의 운명이라는 문제, 그리고 청년부터 노년까지 인생 전반에 걸친 문제 등 폭넓은 주제를 집약시켜 놓은—작품일뿐더러, 4대 비극 중에서 가장 심오하고도 아름다운—시적 표현의 탁월함이 돋보이는—작품으로 평가받는다.

그리고 구성 면에서도 도드라지는 부분이 있는데, 바로 이중의 플롯을 가진다는 점이다. 먼저, 큰딸과 둘째딸의 달콤한 거짓말에는 속아 넘어가면서 진실하고 정직한 막내딸은 내쫓아버린 리어왕이 몰락하는 이야기가 중심 플롯을 차지한다. 다음으로, 첩의 소생인 작은아들에게 속아 본처가 낳은 큰아들을 쫓아낸 글로스터 백작이 작은아들에 의해 반역자로 몰려 곤경에 처하는 이야기가 서브플롯을 이룬다. 이와 같은 두 개의 이야기가 서로 얽히면서 극의 주제를 심화시켜 가는 것이다.

〈리어왕〉은 어리석은 결정을 내리는 두 인물, 즉 리어왕과 글로스터 백작을 통해 인간의 삶에 드리워진 절대적인 허무와 치명적인 고통을 탁월하게 묘사해 내고 있다. 또한 신의 섭리에 따른 구원과 희망의 빛을 배제하고 있다는 점에서 비극의 정도가 훨씬 강한 작품이다. 특히 몰락한 다음에 두 사람이 만나는 장면은 셰익스피어의 작품 가운데 가장 인상적이고 극적인 대목으로 꼽히는데, 이는 인간이란 존재가 얼마나 나약하고 비루해질 수 있는지를 여실하게 보여 준다.

이처럼 명예와 지위를 잃는 인물들이 등장하는가 하면, 한 쪽에서는 온갖 수단을 동원해서 부와 권력을 쟁취하려 드는 글로스터 백작의 작은아들 같은 인물도 제시되고 있다. 신분과 재산이 철저하게 세습되는 중세적 질서로부터 개인의 노력 여하에 따라 신분 상승과 재산 획득이 가능한 근대적 질서로 서서히 옮겨가는 시대적 분위기가 반영된 것으로 보인다.

듣기 좋은 소리만을 좇다가 낭패를 당하는 왕과 글로스터 백작은 전근대적 질서에 익숙한 감성적 인물이라고 할 수 있다. 이성의 빛으로 세상을 밝히려는 르네상스적 인간형에 점차적으로 밀려날 수밖에 없는 운명들인 것이다. 그런 점에서 〈리어왕〉은 감성 위주에서 이성 위주로의 전환기에 당대의 기미를 예리하게 극적으로 담아낸 작품이라는 평가가 따라붙는다.


**맥베스**

셰익스피어의 4대 비극 중에서 가장 나중에 발표된 작품이다.

전체 5막으로 구성되어 있으며, 1606년 집필된 것으로 보인다.

역사가 라파엘 홀린셰드의 《스코틀랜드 연대기》에 수록된 스코틀랜드 귀족 이야기를 모티브로 삼은 〈맥베스〉는 반역 음모에 관한 유언비어가 횡행하던 엘리자베스 여왕 시대의 불안한 공기를 함축하고 있다.

그리고 비극 속에서 관철되는 셰익스피어의 기본 사상은 이 작품에서도 어김없이 확인된다. 질서의 붕괴로 생겨나는 모든 부조화가 비극의 원인으로 작용하며, 비극적인 파멸은 붕괴된 질서를 다시 세우는 데 따르는 진통이라는 것이다. 왕을 시해하고 권력을 찬탈한 맥베스가 맬컴 왕자의 군대에 의해 몰락하는 이야기는 모든 비정상을 정상으로 돌리는 질서 회복의 과정이라 할 수 있다.

셰익스피어의 비극은 대부분 세 부분으로 나뉜다. 첫번째는 제시부(Exposition)로, 여기서는 극에 갈등을 불러일으킬 만한 사건이 소개되는데, 짧은 소동과 혼잡 속에서 주인공은 다른 인물들에 의해 언급만 됨으로써 관객들에게 긴장감을 제공한다. 다음이 갈등부(Conflict)인데, 사건이 벌어지면서 갈등이 전개되고 증폭되어 절정에 이른 다음 전환 국면을 맞이한다. 그리고 마지막으로 대단원(Catastrophe)은 전쟁이나 개인적 대결 내지는 광기의 폭발로 사건이 자연스럽게 파국을 맞이한다. 이러한 3부 구조를 전형적으로 보여주는 작품이 바로 〈맥베스〉이다.

〈맥베스〉는 셰익스피어의 작품들 가운데 비교적 짧은 축에 속하며, 이야기의 진행 속도도 빠른 편이다. 〈리어왕〉에서처럼 부차적인 사건을 다루는 서브플롯 없이 주인공인 맥베스에게로 이야기가 집중된 결과이다. 게다가 맥베스는 내면에 충동이 일면 곧장 행동에 나서는 인물이다. 자기 안에서 고뇌를 거듭하면서 충동을 해소해 버리는 햄릿과는 거리가 먼 것이다. 그럼에도 이야기가 단조롭게 느껴지지 않는 이유는 주인공의 행동을 디테일하게도, 멀리서도 바라볼 수 있게끔 폭넓은 시각을 제공하고 있기 때문이다.

작품 속에 등장하는 마녀들은 인간의 내면에 깃들인 어두운 속성의 상징으로 보인다. 이러한 악의 본성에 어쩔 수 없이 이끌리는 맥베스 부부의 행동은 관객들로부터 연민의 정을 자아낸다. 이아고와 같은 철두철미한 악인이 아니라, 인간성을 간직한 인물이 거부하기 힘든 유혹에 굴복해 죄를 짓고 또한 번민하는 모습을 보여주고 있기 때문이다.

탐욕과 죄의식, 타락과 파멸이라는 인간 삶의 보편적 주제를 밀도 있고 속도감 있게 그려낸 〈맥베스〉는 시대를 초월하는 비극 중하나로, 욕망으로부터 자유롭지 못한 모든 이들에게 깊은 인상을 던져 준다.

**베니스의 상인**

세익스피어의 희극들 가운데 가장 유명한 작품으로, 5대 희극에 속한다. 전체 5막으로 구성된 이 작품은 1596년에서 1598년 사이에 쓰인 것으로 보이며, 1600년에 처음 출간되었다.

작품의 주인공인 샤일록은 자선에 인색하고 돈 계산에는 철저한 유대인에 관해 얘기할 때 항상 들먹거리는 이름이다. 그리고 샤일록에게 빌린 돈을 갚지 못해 가슴살 1파운드를 베일 위기에 처한 안토니오를 구한 포셔는 지혜로운 여성의 대명사로서 사람들의 입길에 오르내리곤 하는 인물이다.

서구 사회에서 수전노나 고리대금업자라고 하면 자동적으로 떠오르는 대상이 바로 유대인이었다. 많은 문학 작품들에서 유대인이 교활하고 탐욕스런 악인으로 등장하고 있는 것도 이러한 부정적인 사회 인식을 반영한 결과로 보인다.

〈베니스의 상인〉이 집필될 당시 영국은 엘리자베스 여왕의 통치 아래 상업이 번성하고 있었다. 돈줄을 틀어쥔 유대인과 금욕적인 생활을 지향하는 기독교인 사이에 반목이 커져 가던 시절이었다.

유대인을 배척하는 당대의 분위기가 셰익스피어로 하여금 샤일록이라는 인물을 창조하도록 부추겼을 수도 있다. 나아가 셰익스피어 자신도 유대인들에 대해 적대적인 감정을 가졌을지도 모르는 일이다. 실제로도 그러한지 여부는 작품을 통해 확인할 수 있다.

〈베니스의 상인〉에서 샤일록은 기독교적 관점에서 봤을 때는 확실한 악인으로 그려지고 있다. 하지만 관점을 달리해서 본다면, 기독교인들이 지배하는 사회의 희생자로 비처지기도 한다. 재판 결과, 자신의 재산을 몰수당하게 되었을 뿐더러 기독교로 개종까지 당해야 했기 때문이다. 악인이냐 희생자냐, 기독교적 관점이냐 유대인적 관점이냐 하는 양 갈래 사이에서 셰익스피어는 명확한 입장을 취하지 않고 있는 것이다.

당대 유럽에서 가장 부유한 도시였던 베니스를 배경으로 삼고 있는 이 작품은 사악한 고리대금업자의 횡포에 통쾌한 복수를 펼친다는 점에서 분명 희극에 해당한다. 하지만 복수의 대상이 단순한 악당에 그치지 않고 슬픈 운명에 처하는 인물로 묘사된다는 점에서 비극의 요소도 가지고 있는 셈이다.

이탈리아에서 구전되는 옛날이야기를 각색해서 만든 〈베니스의 상인〉과 마찬가지로, '유대인 고리대금업자'와 '살 1파운드를 건 채무 계약'이라는 두 가지 재료를 버무린 다른 작가들의 작품도 존재한다. 하지만 어떤 경우에도 셰익스피어가 창조한 샤일록에 범접할 만한 인물을 만들어 내지는 못했다.

저당 잡힌 가슴살과 피의 문제로 공방을 벌이는 재판 이야기에 젊은이들의 낭만적인 사랑 이야기가 곁들여진 희극 〈베니스의 상인〉은 복수와 자비의 본질뿐만 아니라, 우정과 사랑의 유쾌한 힘까지 맛볼 수 있게 해준다.

## 말괄량이 길들이기

이탈리아풍의 익살스런 소극(笑劇)인 〈말괄량이 길들이기〉는 전체 5막으로 구성되어 있다. 셰익스피어의 초기 습작기라 할 수 있는 1592년에서 1594년 사이에 창작된 것으로 보인다.

이 희극은 셰익스피어의 다른 작품들에서 찾아볼 수 없는 독특한 형식이 눈길을 끈다. 서극과 본극의 이중 구조로 이야기가 나뉘어 있는 것이다. 연극이나 영화 등을 통해 대중들에게 널리 소개되어 온 이야기는 서극을 뺀 본극의 내용들이다.

서극에서는 무료함에 빠진 영주가 장난 삼아 취객을 속여 저 자신을 영주로 믿게 만든 다음, 그가 보는 앞에서 배우들로 하여금 희극 공연을 펼치게 한다. 그 공연이 바로 〈말괄량이 길들이기〉의 본극에 해당한다. 액자 안에 담긴 그림처럼 극 속에서 새로운 극이 전개되고 있는 것이다.

〈말괄량이 길들이기〉는 평론가들과 전문가들에게 혹평 세례를 받아 온 작품이다. 불완전하고 거친 대목들이 눈에 띄는 데다, 앞에 제시된 서극의 내용이 마무리되지 않은 채로 작품이 끝나고, 또 무엇보다 여성을 남성의 소유물로 취급하면서 함부로 다룬다는 점들이 문제시되었다.

유명한 극작가이자 비평가인 버나드 쇼는 "점잖은 취향을 지닌 사람이라면 여자와 함께 공연이 끝날 때까지 자리를 지킬 수 없는 극"이라고 평했다. 셰익스피어와 동시대를 살았던 작가인 존 플레처의 경우는 〈말괄량이 길들이기〉를 패러디해 〈여성의 승리, 길들인 자 길들여지다〉라는 작품까지 만들었다. 원작에 등장하는 마초 남편이 홀아비가 된 후에 재혼한 두 번째 아내에게 역으로 길들여지는 내용의 이야기이다.

이후 발표된 낭만 희극들에 비해 예술성이 떨어질뿐더러 반여성적 내용으로 비난의 표적이 되곤 했지만, 〈말괄량이 길들이기〉는 무대 위에서 전혀 다른 대접을 받았다. 예술적으로 앞선 낭만 희극들은 물론이고 4대 비극들에도 결코 뒤지지 않는 대중적 인기를 끌어온 것이다.

위트 넘치는 내용, 황당한 상황 설정, 빠른 극 전개 등은 공연을 성공으로 이끄는 확실한 보증수표 노릇을 해왔다. 〈말괄량이 길들이기〉는 셰익스피어의 작품들 중에서 가장 먼저 유성영화와 텔레비전 드라마 등 새로운 매체로 재생산된 대표적 작품이다. 국내 무대에서도 종종 공연되어 왔기 때문에 그리 낯설지 않은 〈말괄량이 길들이기〉를 두고, 많은 이들이 읽기는 불편하지만 극으로 감상하는 것은 즐거운 작품이라 평하고 있다.


## 한여름 밤의 꿈

셰익스피어의 5대 희극 중 하나이자 대표적인 낭만 희극으로, 전체 5막으로 구성되어 있다. 1595년과 1596년 사이에 집필된 것으로 보이며, 1600년에 초판본이 간행되었다.

〈한여름 밤의 꿈〉은 중세 로망스, 중세 서사시, 고전 신화 등에서 발췌한 서로 다른 이야기들을 유기적으로 결합시켜 만든 작품으로, 사랑의 변덕스러움과 진실한 사랑의 승리를 그리고 있다. 셰익스피어의 어떤 작품들보다도 자주 공연되고 있으며, 멘델스존은 이 작품에서 특유의 환상적이고 괴이한 시적 여운에 감흥을 느껴 극음악 「한여름 밤의 꿈」을 작곡했을 정도이다.

작품의 공간적 배경은 아테네이며, 연인들의 엇갈리는 사랑과 그로 인한 갈등이 숲 속의 요정들을 통해 우여곡절 끝에 해결되는 내용의 이야기를 담고 있다. 환상적이고 몽환적인 이 희극은 셰익스피어의 작가적 상상력이 가장 잘 발휘된 작품으로 평가받는다.

셰익스피어는 자신의 극 안에 유령이나 마녀, 요정과 같은 초현실적인 존재를 자주 등장시킨다. 특히 요정들이 사는 마법의 숲을 생동감 넘치게 묘사하고 있는 〈한여름 밤의 꿈〉은 작가의 장기라고 할 수 있는 시적 상상력이 응집된 작품이다.

이 극에서 제시하고 있는 세계는 환상과 현실의 세계, 요정과 인간의 세계, 아테네와 숲의 세계로 양분된다. 이처럼 분할된 배경 안에서 초자연적인 존재인 요정들과 지배층인 귀족들, 그리고 피지배층인 직공들이 공간을 넘나들면서 사건을 만들고 이야기를 펼쳐 나간다.

〈한여름 밤의 꿈〉은 환상적인 요정 세계를 세밀하게 묘사하고 있다. 셰익스피어는 낭만적이고 신비로운 이 세계를 인간이 사는 현실 세계와 긴밀하게 연결시켜 놓았다. 또한 극 속에서 직공들로 하여금 〈피라무스와 티스비〉라는 연극을 준비하게 함으로로써, 예술 매체로써 연극에 대한 자기 성찰적인 사유들을 개성적으로 풀어내고 있다.

〈한여름 밤의 꿈〉에서 중심 요소가 되는 사건은 바로 결혼이다. 결혼을 통해 모든 갈등과 불화가 해소되면서 이상적인 세계를 완성하는 모습을 보여주고 있는 것이다. 젊은 남녀의 사랑, 부모의 반대, 사랑의 도피라는 스토리는 〈로미오와 줄리엣〉을 연상시키기에 충분하다. 떠들썩하고 유쾌한 소동들도 이 작품이 〈로미오와 줄리엣〉의 희극 버전이라는 느낌을 갖게 한다.


**뜻대로 하세요**

셰익스피어의 5대 희극 중 하나로, 5막 22장으로 구성되어 있다. 1599년경에 만들어지고, 1623년에 간행되었다.

1600년 8월 4일자로 당국에 출판 저작 등록을 신고한 기록이 있는데, 판권을 소유한 궁정극단에서 타인의 무단 출판을 막기 위해 조치를 취한 것으로 보인다. 그만큼 당시 이 작품의 인기가 높았음을 보여주는 증거라 할 수 있다.

〈뜻대로 하세요〉는 셰익스피어가 동시대 작가인 토머스 로지의 소설《로잘린드, 유퓨즈의 황금 유산》을 각색해서 만든 작품이다. 당연하게도 원전과 비슷한 인물들이 다수 등장하는데, 여기에도 역시나 셰익스피어 특유의 빛나는 창조력으로 탄생시킨 염세적이고 우울한 사색가나 재기발랄한 어릿광대 등과 같은 인상적인 캐릭터 등이 추가되었다.

〈뜻대로 하세요〉는 제목이 소박한데다 평화롭고 서정적인 세계를 배경으로 하는 작품인데도, 셰익스피어가 비극을 창작할 무렵에 나온 희극이라서 그런지 자못 심각한 주제를 다루고 있다. 남녀간의 사랑 문제에 권력 찬탈과 질시, 반목 등의 무거운 이야기가 결합되어 있는 것이다.

다시 말해, 목가적인 전원을 배경으로 펼쳐지는 빛나는 청춘들의 사랑 이야기뿐 아니라, 권력과 재산에 눈먼 혈육 간의 분쟁이나 쫓겨난 전 공작을 따라 숲으로 들어와 생활하는 귀족의 풍자적이고 염세적인 대사처럼 어두운 면도 아우르고 있다.

〈뜻대로 하세요〉에서는 극의 많은 부분이 숲을 배경으로 삼아 전개된다. 1막에서부터 유산 문제로 다투고 갈등하는 형제의 이야기가 무대 위에 오르는 낭만 희극, 하극상이 난무하고 형제끼리 죽고 죽이고 미덕이 해로운 적이 되는 전원극, 무질서하고 부패한 궁정과 대비되는 중심적 배경으로 숲이 제시된다. 이러한 궁정 대 전원이라는 구도는 셰익스피어가 즐겨 다루는 테마이다.

숲은 형의 영토와 권력을 빼앗은 동생이 잠깐 만난 노수도사를 통해 죄를 뉘우치는 회개소인가 하면, 자신을 학대한 형을 짐승의 공격으로부터 구해내는 놀라운 관용의 장소도 되면서, 네 쌍의 사랑이 아름다운 결실을 맺는 운명의 정원으로도 자리한다.

이처럼 인간사의 모든 갈등이 초록 세계에서 치유되는 장면은 셰익스피어의 희극에서 발견되는 전통과도 같은 신념 내지는 신앙이라고 할 수 있다.


## 십이야

셰익스피어의 5대 희극 중 하나이자 대표적인 낭만 희극으로, 전체 5막으로 구성되어 있다.

셰익스피어가 4대 비극을 집필하기 직전에 쓴 이 희극은 1601년 1월 6일 이탈리아의 오시노 공작을 환영할 목적으로 엘리자베스 여왕 궁정에서 초연된 것으로 보인다. 셰익스피어가 전속하던 궁정극단은 거의 매년 1월 6일이면 궁정에서 연극을 공연한 것으로 기록되어 있다.

〈십이야〉는 바네이브 리치의 《이제 군인은 그만》에 수록된 이탈리아 설화를 토대로 만들어졌다. 작품의 제목으로 쓰인 '십이야'는 크리스마스로부터 12일째에 해당하는 1월 6일을 가리키며, 크리스마스 축제 기간의 마지막 날에 해당한다. 이날 사람들은 흔히 악의 없는 장난과 농담을 하면서 즐기는데, 이 극에서도 도덕군자처럼 구는 집사 하나가 십이야에 골탕을 먹는 장면이 나온다.

〈십이야〉의 공간적 배경으로 나오는 '일리리아'는 발칸 반도 서부 아드리아 해의 동쪽 지역으로, 고대에 일리리아인들의 나라가 있던 곳이다. 바로 이곳 해안으로 쌍둥이 남매가 표류해 오면서 야기된 착각과 혼동에 의해 아이러니한 상황들이 전개된다. 복잡하게 얽힌 사랑의 구도가 정리되고 결혼에 이르는 과정을 희극적으로 그려내면서 작품은 막을 내린다.

이 작품은 두 개의 이야기가 병치되는 이중 플롯을 가지고 있다. 두 쌍의 청춘남녀가 엇갈리면서 짝을 찾아가는 사랑 이야기가 주요 플롯이고, 거짓 연서에 놀아난 집사의 가엾은 구애 이야기가 서브플롯을 이루고 있는 것이다. 정치적 암투나 음모가 섞여 드는 다른 낭만 희극들과 달리 여기서는 순수하게 사랑의 문제만을 주제로 다루고 있다.

〈십이야〉에서 눈에 띄는 또 다른 특성은 유달리 노래가 많이 나온다는 점이다. 대사와 대사 사이에 춤과 노래를 풍성하게 곁들인 이 작품은 오늘날의 뮤지컬과 비슷한 분위기를 엘리자베스 여왕 시절의 관객들에게 안겨 주었을 것으로 보인다. 셰익스피어는 다양한 무대 위의 실험을 통해 검증한 모든 희극적 수법과 기교를 이 한 편의 낭만 희극 안에서 조화롭게 활용하고 있다.

# 셰익스피어 연보

| | |
|---|---|
| **1564년** | 4월 26일 출생. 영국 스트래퍼드어폰에이번에서 아버지 존 셰익스피어와 어머니 메리 아든의 장남으로 출생. |
| **1568년** | 아버지가 에이번의 시장으로 선출됨. |
| **1577년** | 가세가 기울어져 학업을 포기함. |
| **1582년** | 8세 연상인 앤 해서웨이와 결혼. |
| **1583년** | 장녀 수잔나 출생. |
| **1585년** | 쌍둥이인 아들 햄릿과 딸 주디스 출생. |
| **1590~1592년** | 〈헨리 6세〉 |
| **1592~1593년** | 〈리처드 3세〉 〈실수의 희극〉 |
| **1592년** | 페스트로 인해 런던의 극장이 폐쇄됨. 본격적인 활동 시작. |
| **1593~1594년** | 〈타이터스·앤드로니커스〉 〈말괄량이 길들이기〉 |
| **1594~1595년** | 〈베로나의 두 신사〉 〈사랑의 헛수고〉 〈로미오와 줄리엣〉 |

1595~1596년    〈리처드 2세〉〈한여름밤의 꿈〉

1596~1597년    〈존왕〉〈베니스의 상인〉

1597~1598년    〈헨리 4세 1부·2부〉

1597년    스트래퍼드어폰에이번에다 호화저택인 뉴플레이스를
사들임.

1598~1599년    〈헛소동〉〈헨리 5세〉

1599~1600년    〈줄리어스 시저〉〈뜻대로 하세요〉〈십이야(十二夜)〉

1599년    글로브 극장 신축.

1600~1601년    〈햄릿〉〈윈저의 유쾌한 아낙네〉

1601~1602년    〈트로일루스와 크레시다〉

1601년    아버지 존 사망.

1602~1603년    〈끝이 좋으면 다 좋다〉

1602년    부동산에 관심을 갖고 스트래퍼드어폰에이번의 땅을
사들임.

1603년    3월 24일, 엘리자베스 여왕 서거. 전염병으로 글로브 극
장 폐관.

1604~1605년    〈자에는 자로〉〈오셀로〉

1604년    글로브 극장 개관.

1605~1606년    〈리어왕〉〈맥베스〉

1606~1607년    〈안토니우스와 클레오파트라〉

1607~1608년    〈코리올라누스〉〈아테네의 타이몬〉

1607년    장녀 수잔나 결혼.

1608~1610년    〈페리클레스〉〈심벨린〉

1608년    어머니 메리 사망.

1610~1611년    〈겨울 이야기〉

1611~1612년    〈폭풍우〉

1612~1613년    〈헨리 8세〉

1612년    동생 길버트 사망.

1613년    동생 리처드 사망. 화재로 글로브 극장이 소실됨.

1614년    6월 글로브 극장 재개장.

1616년    4월 23일 사망. 스트래퍼드어폰에이번의 트리니티 교회
에 묻힘.